Narratori Feltrinelli

Gianni Mura
Ischia

Prima edizione ne “I Narratori” novembre 2012

Stampa Nuovo Istituto Italiano d’Arti Grafiche - BG

ISBN 978-88-07-01918-0

Questo libro è dedicato a Carlo Pierelli,
el me amis Carlètt

Il sole radioso di questo tratto di cielo trasfigura ogni cosa, anche la morte.

Alphonse de Lamartine

1.

"Da che parte andiamo?"

In fondo a sinistra.

"Ci avrei giurato."

Cimitero di Chiaravalle. Sembra un giardino, nella bella luce di un primo pomeriggio estivo. Il commissario Magrite ha messo su tre o quattro chili, così almeno pare al giornalista milanese che lo accompagna. Per il resto, uguale: baffi alla Paolo Conte, occhi tra il grigio e il verde, vagamente ironici, camminata da orso addomesticato, soliti jeans, casacca da rugby (stavolta a righe viola e blu).

"Com'è andata?" La domanda scatta dopo la stretta di mano, in via Scarlatti, subito dopo che Magrite s'è seduto in auto e ha acceso una sigaretta. È andata che Carletto si è sentito male il giorno prima di partire per il Tour 2009. Fegato. Dal Tour gli telefonavano quasi ogni giorno e sembrava di parlare con un fantasma, poi la voce si era rinfrancata e scherzava con Fabrizio, con Philippe, con Ludo il Grosso. Due giorni dopo la fine del Tour il giornalista era andato a casa sua, con Marco e Alberto, e quasi non ci credeva: un Carletto lucido e allegro come ai bei tempi, pizzette e tartine sul tavolino basso, Chablis preso dal frigo. Sulle braccia si vedevano i segni delle cure. "Tra una settimana vado a Clusone a tirarmi su." Non era passata la settimana ed era morto.

Magrite ascolta il racconto camminando con le braccia dietro la schiena.

Settore F8. Nella foto Carletto è in maniche di camicia, sullo sfondo un muretto di sassi, forse c'è il mare. Carletto sorride e anche sua moglie Gabriella sorride.

"Una bella coppia," dice Magrite. Si guarda intorno. Non c'è nessuno. Tira fuori di tasca un pacchetto di Gauloises blu e ne sbriciola una davanti al colombario. Alla sua età non vuol fare la figura del ragazzino al Père Lachaise davanti alla tomba di Jim Morrison. Ma qui non c'è nessuno e se anche ci fosse qualcuno non riconoscerebbe il noto (in Francia) commissario Magrite. L'uomo che ha risolto il mistero della decapitata del lago di Madine, del sequestro Roussel, del finto duplice suicidio della Villette. L'uomo, per dirla tutta, che ha scagionato il giornalista che lo sta accompagnando nel cimitero di Chiaravalle e gli ha pure salvato la pelle proprio al cimitero del Père Lachaise. La storia è stata scritta (*Giallo su giallo*, Feltrinelli 2007) e Magrite lo sa da poche ore. Da quando in mattinata gli è stato consegnato il libro, accolto con un moto di sorpresa.

"Anche voi eravate una bella coppia."

Sì. Magrite con Carletto ha diviso fumate, panini, un paio di cene, un viaggio in auto da Mulhouse a Grenoble. E una settimana prima, al telefono da Parigi, annunciando il suo passaggio da Milano e precisando che non sarebbe stato solo, aveva espresso il desiderio di una cena con "les amis du Tour de France". Per me volentieri, aveva detto il giornalista, ma Carletto è morto. "Allora andremo a salutarlo," aveva detto il commissario.

Tornano verso l'uscita, i passi suonano pesanti sul ghiaino.

"Si può dare un'occhiata all'abbazia?"

Certo che si può. C'entra con Clairvaux? Certo che c'entra, questa pare sia sorta nel 1135 per volere di Bernard de Fontaine, in Italia Bernardo di Chiaravalle, cistercense.

Appena fuori s'accendono una sigaretta.

"Ho un buco nello stomaco," dice Magrite.

Il giornalista ricorda che c'era un'osteria, che frequentava da studente, e certi rientri in un nebbione da paura. Ricorda un buon salame, le rane fritte, la trippa. Al primo colpo sbaglia direzione – molto è stato costruito anche qui –, al secondo ritrova l'osteria. Invecchiata, naturalmente, ma sempre col pergolato di glicine sul retro, dove una volta si giocava a bocce, ma adesso il campo non c'è più. Dentro è fresco e scuro. Un donnino minuto, vestito nero, dietro al bancone.

"Buongiorno, se è per il bar va bene, ma la cucina è chiusa."

Magrite non sa l'italiano, ma dal tono intuisce l'essenziale. Il giornalista dice che, magari, se non è di disturbo, un panino col salame e un bicchiere di rosso andrebbero bene.

La donna fa segno di sì.

"Allora è un altro discorso. Accomodatevi pure. Ci metterò un po' per via dell'artrite."

"Staremmo fuori, se si può."

"Ma qui fa più fresco."

Ma fuori si fuma e qui è vietato. Giustamente.

"Giustamente, ha detto bene il signore. Qui sembrava ci fosse la nebbia anche tra i tavoli, e poi state attenti che si fa una brutta fine. Come il mio Tarcisio, l'è ndà via tri mes fa, cancro al polmone. Il vino, abbiamo una Bonarda che il Tarcisio andava a prendere a Casteggio. E se volete ho anche uno zola naturale che fa resuscitare i morti."

Magrite capisce solo fumare, cancro, polmone e morti. Ma non gli passa l'appetito. Ha intuito che qualcosa si rimedia e va fuori a prendere posizione.

"Signora," dice il giornalista, "allora non stia a preparare i panini. Un piatto di salame e uno di zola."

"Il salame è quello vero di Varzi, con la goccia. E la Bonarda, due calici o la bottiglia a consumo?"

"La bottiglia."

"Due cipolline, due peperoncini, due cetrioli sott'aceto?"

"Perfetto."

Quasi, pensa il giornalista. Sarebbe perfetto se ci fosse anche Carletto. Gli sarebbe piaciuto. Magrite sta fumando, ha scelto un tavolino di ferro tra luce e ombra, accanto al muro, tra le aspidistre e le petunie. Arriva la signora in nero. Prima la bottiglia e i bicchieri. La Bonarda esce con un fiotto scuro, bella vispa. Magrite la osserva quasi stupito.

"Noi i rossi mossi non li abbiamo."

"E non sapete cosa vi perdete."

Secondo viaggio: salame e sottaceti. Terzo viaggio: una sleppa di Gorgonzola, più blu-verde che bianco.

"Sembra un po' il Roquefort."

"Ma è latte vaccino. Lo assaggi dopo il salame, è meglio."

Magrite ha sbucciato le fette di salame con le dita, ha tagliato a metà una biova e s'è fatto un panino. Sentendo gli occhi del giornalista, quasi si scusa.

"Non riesco a tagliare i salumi con coltello e forchetta. Chiamatela regressione."

"E se la invitassero all'Eliseo?"

"Dubito che all'Eliseo servano salami. Ma in quel caso sarei compitissimo."

Come al Tour, Magrite mangia coscienziosamente, assaporando, né troppo piano né troppo in fretta. Ogni tanto si toglie una briciola dai baffi. Mette il formaggio sul pane, lo annusa come un gatto, contrae le narici, assaggia a occhi socchiusi, come ascoltasse musica.

"Superbo," dice.

"Stasera scaliamo la montagna, si tenga pronto," dice il giornalista.

"Tranquillo."

La bottiglia è vuota. Due caffè, cattivi quasi come in Francia, e andare. Il giornalista deposita Magrite nel suo albergo vicino alla stazione – quello preferito da Fausto Coppi, ma adesso è ben ristrutturato e farebbe la sua figura anche a Parigi. Passerà a prenderlo alle otto.

A prenderli, anzi. Perché Magrite non è solo, è con un'amica. Il giornalista è curioso. Sarà un po' culo, il tuo commissario? Carletto l'aveva buttata lì, poi si era ricreduto. In effetti, pensava il giornalista parcheggiando lì vicino, sotto casa, il commissario Magrite gli aveva riassunto tutta la sua vita e a parte sua madre, morta giovane per un tumore, era una vita senza donne. Solo una donna, a cena. Paola, la moglie del giornalista, è in giro per le cantine australiane.

Lui fa un salto in redazione, un po' per riordinare le idee. Il commissario e la sua per ora sconosciuta compagna sono arrivati in aereo e l'indomani ripartono in aereo per Napoli. Poi, Ischia. Magrite lo aveva chiamato sul cellulare una settimana prima. Brevi convenevoli, la brutta notizia di Carletto, poi una richiesta d'informazioni, o di collaborazione turistica.

"È vero che sa tutto di Iscià?"

"Di chi?"

"Iscià, l'isola davanti a Napoli."

"Ah, Ischia."

Per fargliela pronunciare quasi giusta, si dovrebbe scrivere Iskia. D'altra parte, Chiappucci in bocca ai francesi diventava Sciapucsì, ed è meglio non pensare a chiacchiere, chicchi, Chichibio.

"Non so tutto ma ci vado da vent'anni. Qualcosa so."

"Bene, ecco perché mi rivolgo a voi e non a qualcuno della nostra ambasciata. Arrivo con un'amica che soffre spesso di lombalgia. Il medico ha consigliato i fanghi e, tra le località citate, c'era Ischia. Ho pensato che un po' di sole e di mare, come sfondo, sarebbero graditi. Non so da voi, ma in

Francia ci sono località termali piuttosto tristi, per non dire deprimenti."

"Anche da noi."

"Ecco, allora vi chiedo il nome di un buon albergo."

"Tranquillo o come?"

"Più tranquillo che si può."

Il giornalista gli dà nome e numero di un albergo sulla spiaggia dei Maronti. Bel giardino, due piscine d'acqua termale, nessuna discoteca nei paraggi anche perché lì finisce la strada. E aggiunge che, se il commissario ci tiene a fumare, è meglio che prenoti un miniappartamento nella dépendance all'estremità della spiaggia, quasi attaccata alla scogliera chiamata Le Petrelle. E aggiunge, ancora, che gli preparerà un elenco di ristoranti con i piatti più interessanti scritti in italiano e in francese (sarà corretto "demimanches au ragoût de seiche"?). Alcuni sono ristoranti stagionali non particolarmente eleganti, ma si parte dal presupposto che per Magrite conti più la sostanza dell'apparenza. Nei ristoranti di Ischia tutto il personale parla bene il tedesco, alcuni l'inglese, ma il francese non è molto diffuso. E tra coniglio e lapin c'è una bella differenza. Per i luoghi da visitare, basta una guida turistica.

Con l'elenco in tasca, il giornalista aspetta Magrite e Madame X davanti all'albergo. Eccoli puntuali, alle otto spaccate, Magrite. E il giudice Lapierre.

"Ci avrei giurato," dice il giornalista dopo un leggero inchino e una stretta di mano (quella di lei) maschile.

"Perché?" chiede Magrite.

"Non so, sesto senso forse. Mi sembra di essere in un film."

"A noi succede quasi tutti i giorni," dice il giudice, che somiglia sempre più a Susan Sarandon. Vista una volta a

Nantes e non dimenticata. Arriva il taxi. La strana coppia giudice-commissario si siede dietro.

"Michelle, il nostro amico ci ha promesso una cena tipica di Milano. Senza quel piatto che richiama il cassoulet, purtroppo."

"Purtroppo non ci sono verze gelate in questa stagione."

Una notizia in più: si chiama Michelle, il giudice. Polo blu, gonna bianca, quando si piega per salire con una certa precauzione (la lombalgia) sul taxi s'indovina il profilo degli slip. Magrite s'è cambiato: camicia a righine bianche e blu, pantaloni blu di lino. E ha usato ancora la parola "amico". Il giornalista ci pensa su, durante il breve tragitto. Non sono amici, lui e Magrite. Tant'è vero che si danno del lei, anzi del voi. C'è, o può esserci, una corrente di simpatia sotterranea. Magrite s'è fidato di lui, e viceversa, e alla fine nessuno poteva lamentarsi. Hanno condiviso un piccolo pezzo di strada, più o meno due settimane. Ma è certamente un'apertura di credito, presentarsi con Michelle Lapierre. Come rendere pubblica una storia d'amore, mica è una cosa da una botta e via. Chissà quando si vedono, se lei abita a Nantes e lui a Parigi. E quanto si vedono. Hanno l'aria di due in vacanza.

Il giornalista ha scelto una delle due sue tane. Scelta obbligata, di lunedì, perché la Nuova Arena di Gianni è chiusa. Al Vecchio Porco, dove c'è Gerry, il fratello di Gianni, no, e comunque il giornalista avrebbe scelto lo stesso di andare lì perché conosce i suoi polli, cioè se stesso e Magrite. C'è un pergolato, fuori, e si fuma. Tantissime minuscole luci, nel verde, creano un'atmosfera tra campestre e natalizio.

"Carino," dice lei sedendosi.

"Questo è per voi, quasi me ne dimenticavo," dice Magrite appena seduto. E porge al giornalista un libro di Louis Amade, il superflic che scriveva canzoni per Gilbert Bécaud. Ne avevano parlato a Tolosa. Il libro ha la copertina azzurra. Magrite deve averlo scovato da un bouquiniste.

La cena è molto milanese, con qualche presenza forestiera.

Mozzarella di bufala e un trionfo di verdura cruda che resterà sul tavolo fino al momento dei dolci e che conquista il giudice a prima vista.

"Che bello spettacolo, sembra una natura morta."

Visto il successo della Bonarda nel pomeriggio, un Gutturnio del Baraccone, fresco il giusto. Che il giudice mostra di apprezzare.

"Noi non abbiamo vini così," dice.

Appunto per questo è stato scelto.

"Quel piatto cos'è? Quello del tavolo di fianco," dice Magrite.

Nervetti e cipolle.

"C'est-à-dire?"

Stinco di vitello disossato con cipolle crude tagliate fini.

"Posso averne un assaggio?"

"Solo per lui," dice il giudice. "Io non digerisco nemmeno la soupe aux oignons, per non dire dell'aglio."

Allora sarà bene precisarlo, a Ischia, perché lo usano anche quando non è il caso. Pausa fumo. Le solite Gauloises blu Magrite, gialle il giudice e il giornalista. Che dà un altro consiglio.

"Le gialle non le trovate da tutti i tabaccai, sull'isola. Conviene fare scorta al bar Calise, appena sbarcate sulla destra."

Magrite annota su un pezzetto di carta. È una cena rilassata. Risotto alla milanese, costoletta alla milanese con patatine fritte, tutto molto apprezzato. Si parla del Tour, di Hinault per cui il giudice tifava, dell'Om, l'Olympique Marsiglia per cui Magrite tifa, "ma è un tifo molto tiepido", dei benefici termali, di quanto Napoli possa ricordare Marsiglia, della lombalgia, della Cina, dell'effetto serra, della Bretagna in cui il giudice è nato (a Plurien per l'esattezza, tra Erquy e Cap

Fréhel), del pane francese e del pane italiano. Toni cordiali ma sempre sulle generali. Almeno finché il giornalista non fa una domanda.

"Com'è che vi siete conosciuti?"

Lei ha un sussulto e smette di masticare.

"A Vannes ci siamo trovati sullo stesso caso," dice Magrite tagliando corto. Il giornalista capisce che non è il caso d'insistere e sfodera il suo asso nella manica: un Pecorino di Gavoi, affumicato, stagionato diciotto mesi. E da bere, un Terre Brune della cantina sociale di Santadi.

"Excellent," dice Magrite del vino.

"Monumental," dice Magrite del formaggio.

Sono gli aggettivi giusti. Niente male anche la serata, conclusa senza dolci ma con un bicchierino di mirto (altra novità per i francesi). Niente Pecorino per il giudice ("Ho già mangiato troppo").

Col mirto, il brindisi.

"Alle vacanze," dice Michelle.

"A Carletto," dice il giornalista.

"A tutti quelli che volete tranne che a san Bernardo," dice Magrite. "Bella specie di santo. D'accordo, ha fondato settantadue monasteri, ma ha predicato e attuato la disastrosa seconda crociata. E dei suoi simili, diciamo pure degli eretici, ha scritto: 'Non li si convince col ragionamento, che non capiscono, né con l'autorità, che non riconoscono, né con la persuasione, perché sono in malafede. Sembra che li si possa estirpare solo con la spada. Meglio ucciderli che lasciare che si trascinino nell'errore'. Uno che esortava i difensori della fede con queste parole: 'Date loro la caccia e non fermatevi fino a quando non saranno tutti morti, visto che preferiscono la morte alla conversione'. Uno che ha definito malicidio, non omicidio, l'uccisione programmata di uomini, donne, bambini. Era già morto, quest'infame, ma è tra i mandanti morali di quello che nella terra dei catari ancora viene chiamato 'lo gran mazèl': a Béziers, a Carcassonne, a Minerve, a Lavaur. Se penso che c'è chi si inginocchia davanti al suo altare, sapete cosa farei volentieri?"

"S'è capito, Jules, lascia stare," dice Michelle.

E lui lascia stare, si accende una sigaretta e si versa un bicchier d'acqua. Il giornalista gli passa i fogli di consigli pratici, va a pagare il conto, Gerry saluta tutti e chiama un taxi.

E buonanotte.

2.

Buonanotte un corno. Si fa presto a dire. Con la domanda su come si erano conosciuti, lui e il giudice Lapierre, il giornalista senza volerlo ha spalancato di nuovo le porte dell'inferno. Lo sa Magrite e lo sa il giudice, che adesso è in bagno a struccarsi, la porta chiusa perché non c'è una totale intimità quando si vive in due città diverse e ci si vede una volta ogni tanto. Quante volte, Magrite non lo sa, non le ha contate. Quattro o cinque all'anno, forse. Più lei a Parigi che lui a Nantes, dove lo si noterebbe di più. A Parigi mangiano in buoni locali fuori dal giro mondano. A Nantes mangiano in casa di lei e la casa è praticabile da quando il figlio di Michelle, Didier, è andato a lavorare a New York in uno studio legale. Il matrimonio, con un avvocato brillante, sottaniere e dai princìpi molto elastici anche sul lavoro, era durato poco. Meglio sola che male accompagnata: per Michelle poteva valere questo. E Magrite? Meglio solo, punto e basta.

Magrite ha aperto la finestra, fuma lentamente appoggiato al davanzale. Sulla destra la massa della stazione Centrale, che gli sembra ostile, sulla sinistra gli ultimi tram che passano sferragliando per via Settembrini. Meglio solo perché? Perché non ha mai pensato sul serio a fare coppia stabilmente con qualcuno. Da ragazzo forse, da ragazzo s'innamorava di ragazze più anziane di qualche anno e, se non corrisposto, scriveva poesie che teneva per sé. Quando aveva sedici anni, la figlia del macellaio – si chiamava Mireille e ne aveva venti – gli aveva fatto scoprire le gioie del sesso. Praticamente aveva fatto tutto lei, mentre il paese ballava in piazza per la festa del 14 luglio. In un campo di lavanda e sotto un cielo pieno di stelle che sembrava di stare in un quadro di Van Gogh gli aveva insegnato a usare la bocca, le mani, e poi gli era salita sopra.

"A cosa stai pensando?"

Anche lei s'era accesa una sigaretta e appoggiata al davanzale.

"Alle ragazze della mia vita."

"Ci sono anch'io?"

"Sì, ragazza della mia vita."

Lei gli schiocca un bacio teatrale.

"Alla mia età, fa piacere essere rassicurate."

"Anche alla mia."

"Jules, vorrei tanto addormentarmi subito."

"Lo so. Proviamo a spegnere."

Lui va in bagno, si fa una doccia. E ricorda. Un'altra donna della sua vita, Marie-Claude. Insegnante di matematica, sembrava una roccia ed era fragilissima. Prima di entrare al Quai des Orfèvres anche Magrite era insegnante, a Belleville. Era dura per tutti, nella banlieue. Per gli insegnanti, per gli studenti, per le famiglie degli studenti. Marie-Claude era minuta, bionda, con gli occhiali. Si tirava appresso un sacco di problemi e credeva di risolverli con la droga. Ed era morta di overdose, o forse di freddo. L'avevano ritrovata su una panchina del Luxembourg poco prima di Natale, sembrava un uccellino. Magrite ne aveva sofferto molto, anche se non stavano più insieme. Ed era stata la morte di Marie-Claude a dargli la spinta per cambiare lavoro e forse anche pelle. Più che della perfezione metrica di Ronsard e delle illuminazioni di Rimbaud, quel quartiere, quelle strade, quella città avevano bisogno di giustizia.

E così Jules René Magrite, nato a Malaucène, alle pendici del Mont Ventoux, orfano, così chiamato da un padre erborista e appassionato di anagrammi e giochi di parole, s'era fatto poliziotto come altri si fanno preti, o medici. Con un'idea in testa che somigliava a un ideale. Diminuire le ingiustizie. Essere un poliziotto, commissario ormai, dal volto umano. Cosa non facile a Parigi in quegli anni, e anche in quelli successivi. Cosa non facile nemmeno in altre città di altri paesi. Cosa ancor più difficile se ti chiami Jules René Magrite, un incrocio, una specie di frontale tra un famosissimo personaggio letterario e un altrettanto famoso pittore surrealista. Già è dura passare dalle poesie di Cadou, Desnos e Reverdy alle gare di tiro con pistola e fucile, ai corsi d'arti marziali, ai codici e ai codicilli. In più, s'era dovuto sorbire le battute e gli sfottò. Tra i colleghi, chi lo chiamava Magritte, chi Maigret dei poveri, chi Professore. Il Comunista, anche: era bastata la copertina di un libro di Camus che spuntava dalla tasca della giacca. I superiori gli chiedevano, con un sorriso ironico, un quadro della situazione.

Tutto superato, ma c'era voluta molta pazienza, molta calma. Superato ma non dimenticato. Come Vannes.

Nei dintorni di Vannes in meno di tre mesi erano sparite una donna e una bambina. La donna aveva sessant'anni, pensionata. L'avevano vista in chiesa, poi nulla, nemmeno un indizio. Improbabile la decisione di cambiar vita, a quell'età. Non s'era allontanata di sua volontà, la povera Augustine, ripeteva una vicina tra un singhiozzo e l'altro. Non avrebbe mai abbandonato Kitty, la sua gattina bianca e nera. La seconda era una bambina di dieci anni, di famiglia agiata: scomparsa mentre andava a scuola.

Gli inquirenti avevano pensato, in un primo tempo, a un rapimento, ma non era arrivata alcuna richiesta di riscatto e quindi aveva preso corpo l'ipotesi del pedofilo. Erano stati passati al setaccio tutti gli uomini della zona con precedenti specifici. Si era indagato nel mondo della prostituzione, dei sex shop, della droga. Niente. Un paio di segnalazioni anonime (seguite per scrupolo, ma senza grande convinzione) si erano rivelate fasulle. Il solo collegamento tra le due sparizioni era la pioggia, aveva scoperto Magrite. Pioveva quando Augustine era uscita dalla chiesa, pioveva quando Patricia camminava verso la scuola.

Il sequestratore (o peggio, l'assassino) le aveva caricate in macchina, pensava Magrite. Nessuno l'aveva visto. Chi era, chi poteva essere? Un maniaco sessuale ben mascherato, non schedato? E dove s'appartava con le vittime? Scartare il condominio, meglio una villa con garage. Ne avevano perquisite un bel po', con i cani. Niente. E poi era sparita un'altra donna, Florence Le Guen, trentanove anni, barista in un bar di periferia. Anche quel giorno pioveva. Aveva chiesto mezz'ora di permesso al patron per andare a fare un versamento alle poste e non era più tornata. Magrite aveva lasciato alla squadra locale il lavoro di rito (la famiglia, l'ambiente di lavoro, nemici eventuali, eventuale doppia vita). Troppo facile se tutti i criminali uscissero dalle pagine di Lombroso, o se tradissero le loro pulsioni acquistando questo o quel giornale. Troppo facile se l'uomo cattivo venisse sempre da fuori.

Vannes, sul Golfo del Morbihan – che in bretone significa mare piccolo –, pur essendo in Bretagna gode di un microclima che favorisce temperature da Riviera ligure. È una delle mete predilette dai parigini in vacanza, ma il mese di marzo non è mese di vacanze. Le ville chiuse sono già state ispezionate. Quando è scomparsa la bambina, i posti di blocco sono scattati dopo un'ora o poco più. È anche per questo motivo che le ricerche non si sono allargate più in là. Magrite era giunto a pensare a un insospettabile che però nel comportamento potesse avere qualcosa di strano. Non di sospetto, di strano. Aveva cominciato a chiedere al mercato del pesce, a sinistra della porte Saint-Vincent. E vicino a place du Poids

Public, in un negozio di ferramenta, aveva avuto un barlume, non proprio un'illuminazione.

Il padrone era stato brusco.

"Qui entra solo gente a posto, cosa credete?"

Anche la moglie, ma con un altro tono, aveva risposto con una domanda:

"Che cosa intendete per strano, commissario?".

"Tutto quello che può avervi colpito. Nulla di scioccante, magari, ma di quelle cose che restano nelle pieghe della memoria."

"C'è qualcosa, ma devo schiarirmi le idee. Vi dispiace se esco a fumarmi una sigaretta?"

"Vi tengo volentieri compagnia," dice Magrite, aprendo la porta e cedendole il passo.

"Fuori, però," ringhia il marito. Magrite d'istinto gli risponderebbe male, ma si frena. È solo un miserabile esercizio di potere, la donna deve capire chi comanda, ma lo sa già. È di mezza età, un po' robusta, i capelli biondi raccolti in una crocchia. Magrite non dice niente. Aspetta apparentemente calmo, ma dentro è tesissimo.

"Sarà stato un paio di settimane fa, forse tre. Entra un tipo normale."

"Perché ve lo ricordate?"

"Perché era molto gentile, quasi ossequioso. Per favore, grazie, buona giornata, arrivederci, grazie."

"E cosa c'era di strano?"

"Fin qui, nulla. Ma, ripensandoci, non mi ha mai guardata negli occhi. Questo mi è sembrato strano. Certo, poteva essere un timido, o un complessato."

"Vostro marito era presente?"

"No, era in magazzino."

"Ricordate cos'ha comprato?"

"Nulla di speciale: un martello, chiodi assortiti, vernice, nastro isolante."

Nastro isolante: due parole che fanno aumentare la tensione di Magrite.

"Ha pagato con carta di credito?"

"No, in contanti."

"Ha detto qualcosa che può aiutarci a capire dove abiti?"

"Ha detto che doveva sistemare la stalla, dalle parti di Plescop."

Plescop è un paesino vicino a Vannes. Magrite s'attacca al cellulare. "Mathieu? Vieni subito a questo indirizzo." E poi, rivolto alla donna: "Ricordate la faccia del cliente?".

"Sì, piuttosto bene, perché lui non guardava me ma io guardavo lui."

Mathieu è l'esperto di identikit. Una volta si disegnavano, adesso si lavora col computer. Naso, occhi, orecchie, bocca, capelli, tatuaggi, segni particolari. La donna è precisa nella descrizione.

"Thérèse," bofonchia il marito, "noi siamo qui per lavorare, non per fare chiacchiere."

Per Magrite è troppo. Premurosamente gli dice: "Posso parlarvi un minuto, anche meno?".

"Sentiamo," dice lui.

Il tono di Magrite cambia, diventa freddo e affilato. "O la piantate di romperci i coglioni, o vi faccio arrestare per intralcio alle indagini su casi di omicidio."

"Okay." Il bullo s'è sgonfiato all'istante.

Magrite guarda il ritratto sullo schermo. Una faccia anonima, capelli castani radi, naso e labbra sottili, orecchie un po' pronunciate, mento sfuggente, occhi di un celeste slavato, né barba né baffi. Quarant'anni, forse meno.

"Mandalo per identificazione alle gendarmerie della zona." Poi chiama il giudice Lapierre. "Forse abbiamo una pista minima, insomma qualcosa. Passo a prendervi."

Le spiega tutto mentre vanno verso Plescop. Pochi minuti. Dietro hanno un'auto della polizia senza contrassegni, con quattro tiratori scelti. Magrite accosta al primo bar che vede. Dietro il bancone, un pelato sta leggendo l'"Équipe".

"Buongiorno, polizia. Conoscete quest'uomo?"

"Sicuro, è Marcel, lo conosco bene, ogni tanto viene qui a giocare a belote. E perde regolarmente. Cos'ha fatto?"

"Niente, per ora. Ci serve un'informazione. Dove vive?"

"A metà strada con Béléan, prendete la D779, prima dell'incrocio c'è una piccola fattoria con la stalla dipinta di giallo, l'ha rifatta da poco. Una volta qui tutti dovevano usare lo stesso colore, il bianco, adesso ognuno fa il cazzo che gli pare, ma si può andare avanti così?"

"Buongiorno e grazie," dice Magrite, poco interessato al cromatismo delle stalle del Morbihan. Suona il cellulare. Mathieu: "Messaggio della gendarmeria di Theix. Marcel Moreau, agricoltore, trentasei anni, nessun precedente. Sta in una fattoria...".

"Sulla D779, ci stiamo andando. Altro?"

"Quelli di Theix chiedono come regolarsi."

"Ne stiano fuori, capito Mathieu?"

"Io sì, ma mi sa che loro sono già montati sul cavallo bianco."

E su un'auto blu, con tanto di lampeggiante. Magrite la vede, in fondo al rettilineo. Maledetti imbecilli.

"Mathieu, digli di bloccarsi e di aspettarmi, arrivo in un minuto. E che spengano il lampeggiante."

Anche meno di un minuto. A bordo strada, il più alto in grado porta la mano al képi.

"Brigadiere Bertrand, ai vostri ordini."

Magrite lo strozzerebbe, se servisse a qualcosa. Ma non serve.

"Cosa mi dite di questo Moreau?"

"Un tipo solitario che non ha mai creato problemi. Vive per la sua terra, le sue vacche e i suoi maiali. Ogni sabato sera va a giocare a carte al bar, a Plescop. Di cosa è sospettato?"

"Normale controllo. Due domande, due risposte e ce ne andiamo."

"E quelli?" chiede Bertrand indicando la seconda auto.

"Quelli," risponde Magrite, "saranno utili se avremo un'accoglienza poco gentile."

"Non credo. Marcel è un solitario ma non un orso."

"Mai fidarsi."

Magrite studia la situazione. Se Moreau li ha visti, non sarà sorpreso. Se non li ha visti, meglio organizzarsi. La stalla effettivamente è dipinta di giallo, a un centinaio di metri c'è una casetta di mattoni con ortensie ai lati. La tenuta è circondata di filo spinato, il cancello è chiuso. A un palo è appesa una campanella. Magrite manda i tiratori scelti e il giudice al riparo di un gruppo di pioppi. Il brigadiere Bertrand s'avvicina alla campanella, ma non arriva a scuoterla perché una fucilata lo colpisce al petto. Magrite si butta a terra e cerca la pistola. Striscia verso Bertrand. A fatica, ma respira. Moreau esce dalla porta, sparando alla cieca. Dai pioppi lo impiombano. Magrite corre verso la casa, guarda appena il corpo di Moreau, gli manca mezza faccia.

Forse la donna è ancora viva. Ma appena dentro Magrite sente l'odore del sangue e della morte. Li conosce bene. Vede una botola aperta e scende le scale. La cantina è piccola, molto illuminata. Quello che resta di Florence Le Guen è un corpo insanguinato appeso a due corde, molto sangue macchia il pavimento. Magrite non ha mai visto un macello del genere. È molto più di un assassinio sadico, è uccidere un po' alla volta infliggendo il massimo del dolore, dell'umiliazione. Sulla destra c'è tutto l'armamentario: martello, chiodi, pinze, forbici, bastoni, coltelli, lamette da barba. La donna, nota Magrite, ha uno straccio ficcato in bocca. Non poteva gridare. Il piacere di Moreau era il suo terrore muto. Poteva guardarla negli occhi, lui signore della vita e della morte, poteva guardarla in quelle pozzanghere buie che erano una volta gli occhi, poteva decidere se far loro il regalo di finirle o farsi il regalo di tenerle, in qualche modo, vive.

Magrite si sente scoppiare la testa, darebbe non si sa cosa per fumare una sigaretta ma non può, sul luogo del delitto. Gli dispiace che Moreau sia morto sul colpo, senza soffrire. Forse aveva una madre che lo picchiava, forse no, ma a queste cose avrebbero pensato i giornali. Il passato del mostro. I commenti dei paesani: "Mai avremmo pensato che". La storia di sempre, Magrite la sa a memoria.

Non sono passati nemmeno due minuti e sente passi di sopra.

"Non fatela scendere," grida, ma ormai Michelle Lapierre è scesa, ha visto quella scena orribile, s'è messa a tremare, s'è inginocchiata in un angolo e ha vomitato.

"Scusate."

"Non c'è nulla di cui scusarsi. Tornate su, per favore, qui non possiamo fare altro."

È vero. Ma di sopra, ma fuori sì. Sono arrivati altri poliziotti. Magrite ordina di passare al setaccio la tenuta, di controllare se ci sono segni di scavi recenti, di cercare anche nel letamaio. Arriva un'ambulanza, per il brigadiere. Nel letamaio gli agenti ritrovano due corpi, a diverse altezze, la bambina e l'anziana signora. Hanno ancora uno straccio in bocca.

È una lunga, terribile giornata. Il medico legale, la Scientifica, le comunicazioni ai parenti, i giornali, le tv, un salto all'ospedale per vedere come sta il brigadiere (ha un polmone perforato, se la caverà). Magrite e il giudice rientrano in albergo che è passata mezzanotte. Sporchi, distrutti, a pancia vuota (e chi riuscirebbe a mangiare?). Hanno la 309 e la 310. Lui, aprendo la porta, dice:

"Ho una bottiglia di Vieux Calvados. Può servire?".

"Anche," dice lei. "Arrivo subito."

Magrite lascia la porta socchiusa e non fa piani di seduzione. Non è il momento, per nessuno dei due. Lui vuole solo buttarsi sul letto e dormire, se ci riesce. E anche lei, crede Magrite. Ma non da sola. Fuori piove e la luce dei neon è fredda come quella di un obitorio. Poi entra lei, con una valigetta in mano.

"Sto proprio male, commissario."

"Anch'io. Vi capisco."

"Fino a che punto?"

"Fino in fondo," e le porge un bicchierino di liquore, buttato giù come fosse acqua.

"Vedremo. Vi chiedo il permesso di usare la vostra stanza da bagno e coricarmi nel vostro letto senza che questo comporti un coinvolgimento erotico o sessuale."

"D'accordo, giudice."

"Su tutto?"

"Su tutto. Devo giurare?"

Lei fa un sorriso pallido, spiegazzato.

"Non occorre, basta così. Sapevo di potermi fidare."

E si chiude in bagno. Magrite apre la finestra e fuma, sbuffando il fumo sotto la pioggia che cade più forte. Meno male, pensa, che s'è portato il pigiama blu a righe, comprato chissà quando. A casa sua dorme nudo, ma allungarsi nudo su un letto a fianco di una donna desiderabile – o vogliamo dire bella?, diciamo pure bella – può non aiutare a rispettare la parola data. Magrite ascolta il rubinetto del lavabo, lo sciacquone del water e lo scrosciare della doccia prima che lei riappaia vestita di un accappatoio bianco che fa risaltare i capelli rossi.

"È il vostro turno. Buonanotte." Il giudice Lapierre si rincantuccia sul lato sinistro (quello che avrebbe scelto Magrite per sé, ma una notte passa presto, dicono) e si tira il lenzuolo fino al collo.

"Buonanotte."

Anche lui si dà una ripulita e sta più a lungo del solito sotto la doccia tiepida. Gli piace pensare che col sudore e lo sporco l'acqua si porti via lo schifo, la nausea, l'orrore, tutto lo sporco che non si vede e che si vede, mentre in una vasca da bagno ci sei sdraiato in mezzo, sei circondato, non ti abbandona. Si asciuga, si accende una sigaretta, la fuma lentamente, torna in camera, si mette a letto in silenzio. Ma lei non dorme.

"Potevamo arrivare prima, in tempo per salvarla?"

"Non credo, me lo sono chiesto anch'io."

"Un animale farebbe quello che ha fatto Moreau?"

"No. Pare che qualche mustelide, come la faina, ammazzi più galline in un pollaio di quelle che gli servono per mangiare. Gli esperti lo definiscono Surplus killing. Ma nessun animale tortura. Solo l'uomo. Ed è meglio che dormiamo un po', giudice."

"Sì, avete ragione, è meglio."

Se ci riuscissero. È un po' che Magrite non divide il letto con qualcuno, e sente la tensione di lei, irrigidita. Così dopo un po' decide di cambiare il respiro, come se dormisse. E non si sorprende quando lei si gira e gli appoggia la testa sul petto. Lui non si muove e le bisbiglia i versi di una canzone di Brel, *Litanies pour un retour*, del '58 ma non ha importanza l'anno. Importa che se la ricordi. "*Mon coeur ma mie mon âme/ mon ciel mon feu ma flamme/ mon puits ma source mon val/ mon miel mon baume mon Graal/ mon blé mon or ma terre/ mon soc mon roc ma pierre* (solo che lui dice Lapierre)/ *ma nuit ma soif ma faim/ mon jour mon aube mon pain.*"

"Buonanotte," dice lei, e s'addormenta di schianto. Anche Magrite dorme, male ma dorme.

È quasi chiaro quando lei lo cerca, annunciando che il patto è infranto. Lei cerca l'uomo che è nel commissario, e lo trova. Come lui trova la donna che è nel giudice. E si amano con estrema dolcezza, come chi sa di essere più vulnerabile. Come due che s'aiutano a sentirsi di nuovo vivi, come due naufraghi. In una luce quasi fiamminga, forse perché il regista Alain Resnais era nato a Vannes, Magrite in un flash rivede Emmanuelle Riva ed Eiji Okada che fanno l'amore in *Hiroshima, mon amour*. Lui era Hiroshima, lei Nevers. Lui è Malaucène, lei Plurien, che fa pure rima. E loro due cosa sono, se non la saldatura temporanea di due solitudini? Bello, però. E in futuro?

"Ti va se ci rivediamo appena possibile?" aveva chiesto lei dopo un ultimo bacio promettente.

"Non vedo l'ora," aveva detto lui inchinandosi.

Erano passati sette mesi prima che si rivedessero. Molte telefonate. Due o tre lettere, a una certa età succede. Succede pure che dopo tanti anni se ne vanno insieme in Italia per una vacanza che è anche viaggio di salute. Guai a chiamarlo viaggio di nozze. Non è proprio il caso.

3.

Magrite si alza stranamente presto. E, ancora più stranamente, di buon umore, se si tiene conto del poco sonno e dei tanti ricordi opprimenti. Va in bagno per radersi, gli arriva un'idea a sua volta strana. Elimina i baffi. Si guarda e si trova buffo e un po' gnoccolone. Normale, dopo vent'anni da baffuto. Scende nella hall, non fa colazione nell'apposita sala ma esce e va al primo bar che incontra.

"Un doppio espresso, grazie."

Eh, l'Italia si potrà discutere per molte cose, ma il caffè come lo fanno in Italia dove lo trovi, se non qui? Compra due pacchetti di sigarette e torna in albergo. Va nella sala della prima colazione, si mette in tasca un vasetto di yogurt e due cucchiaini, prende una tazza di caffè e un croissant (altra cosa, in Francia) e torna in camera. Michelle s'è appena svegliata.

"Principessa, la colazione è servita," dice Magrite. Lei gli manda un bacio soffiando sulla mano.

"Come mi trovi?" chiede Magrite.

Lei ci mette quasi mezzo minuto prima di ridere di gusto.

"Non mi dire, Jules. Hai sacrificato i baffi. Ma perché?"

"Forse per non sembrare un vecchio coglione. Cosa ne dici?"

"Be', i baffi avevano un che di erotico, se ci penso. Dovrò

abituarmi. Adesso hai l'aria di un vecchio coglione che vuole apparire più giovane."

"Torno in ospizio," dice Magrite fingendo di zoppicare.

"No, resta. Non sei proprio da buttar via, quindi proseguiamo il viaggio verso la bellissima, verdissima e azzurrissima destinazione che abbiamo scelto."

"Troppo buona."

Ognuno chiude la sua valigia, Magrite ne prende una per mano, non sono pesantissime e a lei il medico ha sconsigliato di portare pesi. Non è avaro, Magrite, ma evita, se può, di ricorrere al portabagagli. Un'abitudine di quando girava con più bagagli e meno soldi. Paga il conto, il taxi è già fuori. In pochi minuti arrivano all'aeroporto di Linate. I soliti controlli e via, appena cinque minuti di ritardo. Buon volo, buon atterraggio. A Napoli fa più caldo, è naturale. Tutto bene, o quasi. Perché già alla periferia, ma anche in centro, Magrite e il giudice vedono immensi depositi di rifiuti a cielo aperto, copertoni bruciati, cassonetti strapieni, pedoni che fanno lo slalom tra i mucchi d'immondizia, i più tenendosi un fazzoletto premuto su naso e bocca, altri con la massima indifferenza, come attraversassero un prato fiorito.

Magrite prova ad abbassare il finestrino.

"Meglio di no, per tanti motivi," dice il tassista. "E la signora è meglio che tenga la borsetta sul pavimento." Magrite apprezza, anche a Marsiglia è la stessa cosa. Richiude il finestrino.

"Ma com'è possibile uno spettacolo del genere?"

"Dovete chiederlo al sindaco. C'amm'a fa'? O non marciano i camion, o è chiusa la discarica, mica possiamo tenerci 'a munnezza in casa."

"Non sembra una raccolta molto differenziata," dice Michelle.

"Che ha detto la signora vostra?"

"Che non è una bella pubblicità per il turismo," risponde

Magrite. Capisce vagamente l'italiano, perché in Vaucluse sono numerosi gli emigrati italiani, e può parlare bene l'inglese, all'occorrenza. Ma il dialetto napoletano, quello proprio non lo capisce.

"E a me lo venite a dire? È una disgrazia, un disastro, hanno già cancellato il trenta per cento delle prenotazioni. Da dove venite?"

"Parigi."

"Ah, bella città Parigi."

"La conoscete?"

"Mai vista. Al massimo sono stato a Firenze in viaggio di nozze. E dove andate di bello? Capri? Sorrento?"

"Ischia."

"Vi troverete bene, è un posto tranquillo."

Salgono sull'aliscafo, al molo Beverello, dopo aver detto no grazie ad almeno cinque venditori di calzini di cotone e di fazzoletti di carta. Guardano dall'oblò e si danno di gomito passando da Monte di Procida, e poi Procida, la Tavola del Re, prima che il porto li accolga come in un abbraccio. Dio, che bellezza. A Ischia il porto è fatto proprio così, non è un'immagine poetica.

Mentre sono in fila per scendere, Magrite le passa un dito lungo la spina dorsale.

"Come va la salute, principessa?"

"Sempre meglio, cavaliere. Non vedo l'ora di essere in albergo."

"Anch'io."

Fuori, il sole li abbaglia, poi mettono a fuoco gli oleandri, i limoni. C'è ressa ai taxi.

"Prendiamocela comoda," dice Magrite. "Facciamo i turisti veri." E punta verso i tavolini di un bar all'aperto, come un cane da caccia una lepre.

"Due granite al limone, grazie." E si accende una sigaretta. Uffa, è stata lunga, tra aereo, taxi e aliscafo.

“Vado a fare scorta di sigarette,” dice lei, “mentre l’eroico commissario Magrite fa la guardia al bagaglio.”

Lui grugnisce, si lascia andare su una sedia e guarda il mare, le barche. Arriva il cameriere con le granite e dopo un minuto arriva anche Michelle, le guance arrossate, il fiato corto.

“Mi hanno scippata.”

“Si vede che non ti conoscono.”

“C’è poco da scherzare, mi sento una cretina.”

“Com’è successo?”

“Ho comprato due stecche di sigarette, sono uscita, mi sono fermata un attimo a guardare la facciata della chiesetta, dall’altra parte della strada, e due ragazzini col motorino mi hanno strappato le stecche. Ho provato a rincorrerli ma sono spariti subito, oltre il piazzale delle corriere.”

“Dai, siediti,” dice Magrite, “altrimenti si scioglie la granita e sarebbe un peccato, è buonissima. E pensa che poteva succedere anche a Parigi o a Marsiglia. Non sarà questo episodio a rovinarci le vacanze. Pensa alla salute, pensa alla tua schiena, pensa alle vacanze e, quando ti va, pensa a me.”

“Posso anche invertire l’ordine, commissario?”

“Ne avete facoltà.”

Magrite va a pagare, poi ricompra le sigarette. Sale con Michelle su un taxi, dà l’indirizzo dell’albergo. Sul sedile dietro, si tengono la mano come due studentini in gita.

Lei è molto attratta dalla vegetazione. “Guarda quel ficus, sarà alto quattro metri, ed è la stessa varietà di ficus che tengo in un vaso, su un mobile del salotto. E quel tripudio di buganvillea? Sembra d’essere ai Tropici.”

Magrite annuisce, a volte solo un cenno del capo, altre stringendole di più la mano. Lui è più interessato alle case, bianche o color pastello, quasi tutte senza tetti spioventi. E al Castello Aragonese, che spunta sulla sinistra. La strada sale tra canneti, vigne terrazzate, alberi di limone e piante grasse, s'imbuca tra le case a Testaccio e poi scende in ampi tornanti verso il mare. Il tassista accosta sulla destra, ferma in uno spiazzo panoramico.

"Da qui vi fate un'idea, signori."

La terra è rossiccia come nei film western, le ginestre gialle, il cielo azzurro e il mare, sotto, di un blu fitto con lampi turchesi. La spiaggia è una mezzaluna di sabbia – a occhio saranno due chilometri – che dalla scogliera delle Petrelle arriva quasi a Sant'Angelo. Quando di una bellezza si dice che mozza il fiato è una cosa così, pensa Magrite.

"Bellissimo," dice.

"Userei qualche aggettivo più consono, commissario," dice lei.

"Agli ordini: magnifico, incantevole, affascinante, sublime, paradisiaco, splendido. E nostro. Vuoi sapere una cosa? Ho anche fame."

"Ma è ancora presto, prima dobbiamo passare dalla camera."

"Proprio questo intendevo," dice Magrite baciandola sul naso.

L'albergo è accogliente, con un bel giardino (una pianta spinosa dai fiori scarlatti, un albero a forma di bottiglia), la vasca delle tartarughe con le ninfee, una piscina all'aperto e un'altra all'interno. Domattina, dicono alla reception, il medico parlerà con Michelle e deciderà le terapie adeguate. Un omino di mezza età carica i bagagli e li scorta verso l'appartamento. Tutto bene, il giornalista gliel'aveva descritto nei dettagli. Michelle va sotto la doccia, Magrite al bar più vicino. Due bottiglie di bianco Vigna del Lume, due grandi d'acqua minerale naturale. Sono già fredde, comunque rientra e le mette in frigo. Michelle si sta asciugando. Anche Magrite si fa una doccia, poi stappa una bottiglia ed esce sul terrazzo.

La luce è abbagliante, nel vociare della spiaggia spiccano gli strilli dei bambini.

"Potremmo disfare le valigie e sistemare le nostre cose," dice Michelle.

"Potremmo e lo faremo. Ma dopo."

Si amano festosamente, liberi da ogni cattivo pensiero. E si assopiscono un poco. Quando si svegliano, fuori c'è un tramonto da cartolina e una brezza leggera.

"Vecchio porco, adesso ho appetito anch'io."

"Non sono così vecchio, principessa."

S'avviano sul sentiero di mattonelle che interrompe la sabbia. Sanno dove andare, da Ida, sempre sulla spiaggia. È uno dei tanti bagni che in stagione cucinano qualcosa e d'inverno chiudono. Magrite consulta un foglio stampato.

"Alici marinate, mezzemaniche alle seppie, alici fritte con insalata di pomodori. Una bottiglia di Falerno del Massico di Michele Moio."

Sulle alici marinate (il segreto di Pina, la cuoca, è la mentuccia) niente vino, solo acqua. Poi si può andare col rosso massiccio, antico.

"Ora capisco chi vi manda," dice Giovanni, fratello di Pina. "Sbaglio se penso a Milano?"

"No, indovinate," dice Magrite nel suo italiano stentato. Michelle è più a disagio, parla bene l'inglese e a qualcosa serve, ma a Ischia la prima lingua straniera è il tedesco. E infatti quasi tutti i tavoli sono occupati da turisti tedeschi. Meno uno, dov'è seduto un italiano, anzi un ischitano, visto che con Giovanni parla in un dialetto ostico per Magrite, e non solo per lui.

Occhi molto chiari, capelli sale e pepe, mani grandi e, Magrite lo soppesa mentre si alza, statura media e fisico asciutto. Si alza e si dirige verso il loro tavolo.

"Madame, Monsieur, veuillez m'excuser," inizia in un buon francese, marcato solo da un leggero difetto nella pronuncia delle *u*. E in francese continua, deponendo un sacchetto sul tavolo. Dentro ci sono due stecche di sigarette.

"È per rimediare all'impatto poco felice con la nostra isola. Che ha tante facce, ve ne accorgerete nei prossimi giorni. Alcune molto belle, altre brutte."

"Grazie, ma non possiamo accettare, non sarebbe giusto," dice Magrite, mentre Michelle è visibilmente colpita dal gesto.

"Vi prego di considerarlo un umile indennizzo, una cosa che viene dal cuore."

"Parlate bene il francese, dove l'avete imparato?" chiede Michelle con un bel sorriso.

"Ho vissuto a Parigi una trentina d'anni, di cui undici in galera."

"Volete sedervi e bere un bicchiere con noi, signor... Come vi chiamate?"

"Mi chiamo Giuseppe Iovine, a Parigi noto come Pépé le Couteau, a Ischia più prosaicamente Peppe 'o Pappone in mia assenza e Peppe 'o Francese in mia presenza. E grazie per l'invito, magari un'altra volta, se capiterà. Aveste bisogno di me, anche come guida turistica, tutti sanno dove trovarmi. Buonanotte Madame, buonanotte signor commissario. Non si preoccupi, non rivelerò ai quattro venti la vostra identità."

"Qual è la vostra storia, Pépé?"

"È lunga ed è già tardi. Ma, se è ancora vivo, la conosce bene l'ispettore Jolivet. Scusate l'intrusione e godetevi le vacanze: per tre giorni farà bello, poi pioverà a dirotto, ma per un solo giorno."

Iovine? Pépé le Couteau? Mai sentiti nominare. Jolivet sì, e Magrite decide che lo cercherà domattina. Giovanni propone un bicchierino di limoncello fatto in casa, ne bevono due a testa e rientrano abbracciati e vagamente brilli. La luna è quasi piena, il mare così calmo da sembrare un lago. E abbracciati dormono, dopo essersi detti che è un tipo strano, quello delle sigarette, ma a suo modo aperto, per come ha messo le carte in tavola.

Magrite si ridesta di colpo, verso le quattro, con una strana sensazione d'angoscia. C'è il verso insistente di un cane, lì vicino, da qualche parte. Va verso il terrazzo.

"Che c'è, Jules?"

"Quando un cane abbaia così, dalle mie parti vuol dire che c'è un morto."

"Dai, torna a letto. Avrà visto un gatto, un topo. Non è che t'ammazzano qualcuno il primo giorno di vacanza."

Magrite brontola qualcosa e si rimette a letto. Ma sa che per un gatto o un topo un cane normalmente abbaia, non ulula. Si rimette a letto, si gira sul fianco sinistro, non dorme.

4.

È mattina di buon'ora ma c'è rumore sulla spiaggia. Magrite si veste velocemente e va a vedere. Uomini in divisa si muovono intorno alla scogliera delle Petrelle, tre ci si sono arrampicati sopra, altri hanno delimitato con paletti e nastro una zona sorvegliata da due pescatori. Sotto un telo bianco, s'indovina un corpo. Magrite ripensa agli ululati del cane e s'avvicina alla zona cintata.

"Circolare, circolare, non c'è niente da vedere," dice ruvido un uomo in divisa. Un pescatore alza le spalle. Magrite va al Belmare, già aperto. Un caffè doppio, la prima sigaretta della giornata, la più buona. Strizza gli occhi nel sole già caldo, rimpiange di aver tagliato i baffi, si sente la faccia nuda e stupida. Decide che li farà ricrescere. E anche la barba, perché no? S'avvicina il barista e accenna al movimento sotto la scogliera.

"Avete sentito della disgrazia?"

"Non so niente."

"È morto un ragazzo romeno, un bravo ragazzo. Lavorava come pizzaiolo a Testaccio. Non si sa cosa facesse di notte sulle Petrelle, dev'essere inciampato ed è caduto. L'hanno trovato in acqua i pescatori."

Magrite annuisce, chiede un altro caffè doppio in un bicchiere di carta, prende due bustine di zucchero e torna in camera. Michelle s'è alzata, lo sta aspettando sul terrazzo.

"Avevi ragione tu, col cane."
"Un ragazzo romeno. Caduto giù."
"Un altro segnale negativo, Jules."
"Ne abbiamo anche di positivi, Michelle, e siamo arrivati ieri. Adesso tu devi vedere il dottore, io t'aspetto all'ombra vicino alla vasca delle tartarughe, poi ci organizziamo."
"Va bene."
In albergo bevono un altro caffè e mentre parlano sono interrotti. Dal tavolino accanto, due donne, dicono:
"Era ora che arrivasse qualcuno che parla francese".
Michelle si volta: "Siete francesi?".
"No, belghe."
Ha parlato la più anziana, qualche capello bianco, caffettano blu. Sui quarantacinque, ben portati.
"Mi chiamo Odile, docente di italiano a Liegi."
"Io mi chiamo Barbara, a Liegi ho un negozio d'abbigliamento."
Ha parlato la più giovane, capelli corti, fossette graziose, maglietta e jeans. Sui trenta.
"E siamo lesbiche," dice Odile.
"Ma non fanatiche," dice Barbara.
"Io no, né lesbica né fanatica intendo. Piacere di conoscervi, mi chiamo Michelle e lavoro in tribunale a Nantes."
Magrite si diverte molto. Michelle è arrossita, ma lui apprezza che le due donne abbiano scoperto le carte, come già quel Peppe Couteau, anzi, questo sarebbe il momento giusto per sganciarsi e telefonare all'ispettore Jolivet, sempre che sia vivo.
Si alza, accenna un inchino e dice: "Il piacere è anche mio. Michelle, forse Odile può farti da interprete col dottore".
"Molto volentieri," dice Odile. E vanno.
Magrite si siede sotto il pergolato, accanto alla vasca delle tartarughe, e chiama il suo ufficio a Parigi.

“Marcel? Magrite. Sì, tutto bene. Sai se Jolivet è ancora fra noi?”

“Credo di sì, commissario. L’ho visto qualche settimana fa in rue Jacob.”

“Bene, allora dammi il suo numero.”

“Un attimo, commissario. Ecco, posso darvi quello di casa perché il cellulare di servizio l’ha restituito quand’è andato in pensione.”

“Grazie.”

Magrite annota il numero. Jolivet, buon poliziotto, soprannominato il Vedovo perché non ride mai, sorride raramente e solo con molta fantasia si può definire sorriso quell’increspatura di labbra. Non è vedovo perché non si è mai sposato. Una vita passata nella Buoncostume e una memoria prodigiosa. Risponde al terzo squillo.

“Commissario, che sorpresa. A cosa devo l’onore?”

“Alla tua famosa memoria, caro Jolivet. Sono in vacanza in Italia e ho conosciuto per caso un certo Giuseppe Iovine.”

“Detto Pépé le Couteau. Me lo ricordo bene, commissario. Volete sapere la sua storia?”

“Sì, grazie.”

“È un po’ lunga.”

“Abbiamo tutto il tempo, vai tranquillo.”

E così Jolivet racconta la storia di Pépé. Magrite prende qualche appunto, fa un paio di domande, ringrazia e saluta. E saluta anche Michelle, che gli si siede accanto.

“Odile è stata molto utile. E tu dovrai organizzarti, oppure fare qualche cura.”

“Veramente sei tu quella che ha bisogno di cure.”

“Va bene, voglio dire che dovrai arrangiarti. Da domani, ore 10 fango e bagno, ore 15.30 massaggio e percorso Kneipp.”

“È un programma che ti prende mezza mattina e mezzo pomeriggio.”

"Ma resta libera la parte migliore, dall'ora del tè all'ora del caffè."

"Mi adeguo. Il percorso Kneipp è quella roba coi sassi?"

"Sì, potresti farlo anche tu, serve alla circolazione."

"Non garantisco, magari ci provo, giusto per la compagnia."

"Bravo commissario. Ora offrimi un aperitivo su in piazzetta."

Una breve salita ed ecco la piazzetta dove arriva e da dove parte il bus numero 5. Nel fresco del bar c'è un solo cliente seduto a un tavolino: Peppe 'o Francese.

"Ma che combinazione," dice Magrite.

"Davvero," dice Peppe. "Vengo spesso a bere qualcosa, una camminata fa bene."

"Abitate qui vicino?" chiede Michelle.

"Vicino vicino, no. Sto a Buonopane, che è oltre Barano."

"Che se non sbaglio è oltre Testaccio," dice Magrite. "Proprio una bella camminata."

"Va bbuo', se non me la sento ci sta sempre il bus. Commissario, con tutto il rispetto, arrivate voi e tracche, subito un morto."

"Una disgrazia, m'hanno detto."

"Forse sì e forse no, commissario. Qua spesso le cose non sono come sembrano. La sola cosa da escludere è il suicidio. Ovidiu era un bravo cristiano, quasi tutto quello che guadagnava lo spediva a casa. A Ischia aveva trovato la ragazza, una polacca che fa la cameriera a Forio. Si vedevano quando potevano, stavano ognuno per conto suo: in genere per l'alloggio provvede il datore di lavoro."

"C'è molta manodopera straniera, a quanto pare."

"Sì, commissario, sareste stupito a contare le nazionalità. Ci sono argentini che fanno i bagnini, e poi algerini, tunisini, marocchini, polacchi, romeni, ucraini, moldavi, montenegrini, bosniaci, albanesi e chissà quanti altri che dimentico, per i lavori pesanti. Ci sono cinesi che vanno su e giù per le spiagge proponendo massaggi, anche se è vietato."

"Se si esclude il suicidio e si dubita della disgrazia, c'è solo una terza possibilità, o una quarta. Malore oppure omicidio. Giusto, Peppe?"

"Giustissimo. Domani dovrebbero fare l'autopsia. Sapete cos'ho pensato quando ho saputo di Ovidiu e di come lo hanno ritrovato? Che c'era la luna quasi piena, che potrebbe aver visto qualcosa che non doveva vedere. Un traffico di droga, di armi. Non dovete credere, commissario, che questo sia un paradiso. Lo è stato, forse, e per certi versi ancora lo è, ma può essere anche un inferno. Io ci sono nato, ci sono tornato da dieci anni, so di che parlo. E parlo con la gente, come parlavo con Ovidiu."

"Quanti anni aveva?"

"Ventuno, ma era più maturo della sua età. Serio, gran lavoratore. Studiava le stelle. Sognava di sposarsi tra un anno o due."

"E voi, Peppe, siete sposato?" chiede Michelle.

"Lo sono stato, e fa parte della lunga storia, Madame."

"Scusate se vi lascio, ma è ora che prenda un po' di sole," dice Michelle. Magrite le è grato, perché ha intuito che Peppe avrebbe parlato più liberamente da uomo a uomo.

"Ti raggiungo in spiaggia," le dice. E, rivolto a Peppe: "Avanti, sentiamo".

"Sono figlio di contadini, terzo di tre fratelli. I primi due sono andati a lavorare in Germania, io a Parigi. Un amico di mio padre conosceva un trattore alla Gare de l'Est. Gli serviva un ragazzo tuttofare. Ho cominciato lavando quintali di piatti e pelando quintali di patate. Avevo sedici anni. Poi mi sono impratichito come cuoco. È così che nasce Pépé le Couteau. Ero abilissimo nel maneggiare il coltello: incidevo, sfilettavo, tranciavo che era una bellezza. Un po' avevo studiato le mosse del vecchio Pablo, quando tagliava i pezzi di manzo, di maiale, d'agnello, un po' era un dono che non sapevo di possedere. Sono stati anni belli, commissario. Belli davvero. La scoperta di Parigi, prima da solo poi con Denise. Denise era bretone, di Pontivy. Faceva la cameriera. Bella come una madonna. E innamorata di me come io di lei, come si può esserlo a quell'età a Parigi, come due figli di famiglie povere. Anche Denise spediva soldi a casa. Vivevamo in un appartamentino in rue Thomas, nel giorno libero andavamo lì vicino, a fantasticare sul Canal Saint-Martin, oppure a lustrarci gli occhi sugli Champs-Élysées. Scusate se la sto facendo lunga, commissario, c'è la vostra signora che vi aspetta."

"Non vi preoccupate, Peppe, andate avanti," dice Magrite, che la storia la sa già, per sommi capi, e che chiede altri due bicchieri di vino bianco.

"È bastato poco a cambiare tutto. Al padrone è venuto un colpo secco, la vedova ha venduto il ristorante che è diventato una boutique e ci siamo trovati tutti in mezzo alla strada. E lavoro non ce n'era. Lavoro fisso, voglio dire. Cose saltuarie sì, tipo scaricare casse ai mercati. E qualche pulizia per Denise. E sempre malpagati. Lo so che sembra un romanzo di Zola, commissario, ma eravamo alla fame. E nemmeno il nostro amore poteva mettere a tacere l'angoscia. Una sera, con le lacrime agli occhi, Denise mi dice che qualcosa può fare. Come una sua amica."

"Battere."

"Sì, cioè no. Non il marciapiede. Ma stare in uno di quei tanti bar vicino alla stazione, in tarda mattinata, seduta a un tavolino con un caffè davanti, e un giornale o un libro, che poteva sembrare una studentessa. Non abbordare ma essere abbordata. E decidere con chi andare. E non lavorare di notte. E non avere un protettore. Le regole della sua amica, me le ha esposte. Se mi vuoi bene dimmi di sì, ha detto. Non ho avuto il coraggio di dirle di sì. Ho abbassato gli occhi. Allora è sì, ha detto. Non ho risposto, chi tace acconsente. Mi sentivo l'ultimo degli uomini. Un vigliacco. Una merda. Ma avevo acconsentito. E non l'ho mai seguita, altrimenti i clienti li avrei presi per il collo. E anche perché tutti i miei lavori saltuari erano di mattina. Vi siete mai chiesto, commissario, perché ci sia tanta prostituzione intorno alle stazioni ferroviarie?"

"Perché ci sono tanti alberghi e pensioni di tutti i tipi e per tutte le tasche, suppongo."

"Sì, ma ci dev'essere qualcosa anche negli arrivi e nelle partenze per cui fare sesso è come sottolineare una data, una possibile svolta. Comunque la faccenda dura pochi mesi. Denise è sempre fresca, tenera, premurosa. Mia, e io suo. Una sera mi guarda in un modo speciale e mi dice che c'è una novità: è incinta, avremo un bambino. Sono felice, usciamo a cena, poi a ballare perché so che le piace. E da allora basta coi tavolini dei bar, con chi arriva e con chi parte. Avevamo messo via qualche soldo, stava cambiando la corrente, stava cambiando la vita. Ma non avevamo fatto i conti con Dragan il Rosso. Il più violento, schifoso e organizzato pappone della Gare de l'Est. Le sue donne le marchiava come si fa con le pecore. E voleva che Denise entrasse a far parte della sua scuderia. Gliel'aveva già proposto un paio di volte, lei era stata gentile ma ferma, conoscendo la reputazione di Dragan, e non mi aveva detto nulla. Una mattina che era uscita a fare la spesa lui gliel'ha proposto di nuovo, e al rifiuto di Denise ha cominciato a picchiarla in faccia e nella pancia. Lì no, sono incinta, ha implorato lei. Meglio, nascerà un bastardo in meno, ha riso lui. È tornata a casa tutta insanguinata. Ha perso il bambino. E il dottore ha detto qualche giorno dopo che non avrebbe più potuto averne. Io quei giorni li ho passati a consolarla, ad asciugarle le lacrime una per una. Siete stufo, commissario?"

Magrite non parla. Fa segno di no con la testa. Non parla perché non c'è niente da dire. La storia per sommi capi la sa già, ma un conto è ascoltare il riassunto di Jolivet, un conto Peppe 'o Francese.

"Io non sono un violento, ma qualcosa dovevo fare. Per Denise e per me. Ci ho messo qualche giorno, frequentando posti che m'ero fatto indicare da uno del giro e lasciando un messaggio per Dragan il Rosso: lo sfidavo a duello, à la régulière, perché anche la mala ha le sue regole. Lui era un ras, io un signor nessuno. Rifiutando la sfida avrebbe perso la faccia, l'autorità, in parole povere il potere. Non gli conveniva. Aveva tutto da perdere, rifiutando. Sapevo che avrebbe accettato. Sapete come funziona, credo. Si nominano due padrini, che concordano luogo e orario del duello. Nel caso, lungo il muro di cinta meno esposto del cimitero di Montparnasse, alle sei. Arma: coltello a serramanico. C'è anche un giudice super partes, in genere un vecchiotto cui si raccomanda di non bere e che viene pagato in contanti prima che ci si batta."

"So come funziona," dice Magrite, "ma da un po' è fuori moda. Oggi si spara da un'auto in corsa, o si incarica un sicario in moto."

"Allora andava così. Non avevo mai visto Dragan il Rosso. Alto, imponente, capelli rossi con la coda di cavallo. E sfrontato. Sei ancora in tempo a ritirarti, m'ha detto. Vuoi sapere quanti italiani ho già tagliato? Io non ho detto nulla. Dentro avevo solo odio. A Denise avevo detto che sarei andato al mercato, il coltello l'avevo dato al padrino il giorno prima. Non volevo che lei stesse in ansia, ne aveva già passate troppe. Al primo assalto Dragan il Rosso è andato a vuoto, l'ho bucato prima al ventre e poi al petto, me l'hanno tolto di mano prima che lo uccidessi. Sono tornato da Denise e le ho raccontato tutto. E poi le ho detto: ti sposerei anche subito, perché sei la donna della mia vita, ma voglio che tu ti senta libera. Vado a costituirmi. Se mi aspetterai, ti prometto che ci sposeremo appena sono fuori dalla galera. Mi sono costituito, mi hanno condannato a tredici anni, dopo undici sono uscito per buona condotta. In carcere ho letto molto. Denise mi ha aspettato, ogni settimana è venuta a trovarmi, a giurarmi che mi avrebbe aspettato. Ha avuto la fortuna, pensi, di trovare un lavoro serio pochissimo dopo la mia condanna. Donna di servizio a tempo pieno nella casa di un famoso medico. E sapete chi gliel'ha procurato, questo lavoro? L'ispettore Jolivet."

Magrite maschera la sorpresa. Questa è la sola cosa che Jolivet non gli ha detto. Del lavoro trovato da Denise sì, della sua raccomandazione no. Diavolo d'un Vedovo, come si vergognasse d'avere un cuore.

"Denise è stata la fortuna della mia vita, è stato come conoscere un raggio di sole. Mi ha aspettato, ci siamo sposati, coi risparmi miei e soprattutto suoi abbiamo aperto in rue Bobillot, nel XIII, un ristorantino che ho chiamato Bella Capri, perché Ischia i francesi non sanno pronunciarlo. A me Capri non è che stia simpatica, ma gli affari sono affari, e sono andati bene. Per l'inaugurazione abbiamo invitato l'ispettore Jolivet, che ha insistito per pagare il conto e quando c'è riuscito ha detto: e adesso, per favore, rigate dritti perché vi terrò d'occhio. L'ha detto serio in faccia, ma si capiva che era contento. I miei genitori sono morti mentre ero in galera, quelli di Denise in un incidente d'auto quando ero già fuori. Dai miei due fratelli nessuna notizia, né prima né durante né dopo. Sapevano cos'era successo, avevo scritto a tutti e nessuno s'è fatto vivo. So che hanno sposato due tedesche e che lavorano in Germania, uno a Stoccarda e l'altro a Brema. Per me sono come morti, non sento il richiamo della famiglia. La mia famiglia è stata Denise.

"Sono tornato a Ischia perché a una certa età si pensa al Sud, al sole, e Denise era entusiasta di conoscere la mia isola, di viverci. Siamo tornati dieci anni fa. Ho comprato un pezzo di terra che guarda il mare, ma non sul mare, e ho costruito una bella casetta, con un po' d'orto e di vigna. Denaro ne avevamo a sufficienza. Non so chi avesse raccontato in giro la nostra storia, ma io per molti ero Peppe 'o Pappone e Denise 'a vajassa, la zoccola, la puttana, 'a Francesa nel migliore dei casi. Vedete, commissario, qui so di uomini che si fottono la figlia e vanno a messa tutte le domeniche, di grandi inquinatori rispettati e riveriti, di spacciatori di droga diventati business-men con tanto di yacht. A Ischia c'è tantissima brava gente, ma quella cattiva è in aumento, e questo vale per tutta l'Italia per quant'è lunga. Io lo so che non sono mai stato pappone dentro, né Denise puttana, e il resto non conta. Conta che ci siamo voluti bene fino all'ultimo giorno insieme, conta che ricordo ogni sorriso di Denise quando tornavo con un mazzetto di fiori dalla vigna, ogni bacio prima di dormire. Quattro anni fa le hanno diagnosticato un tumore al pancreas, tre anni fa è morta e le sue ultime parole sono state: tieniti da conto. Quel giorno è come se fossi morto anch'io, non è un modo di dire. Non avevo motivi particolari per continuare a vivere, commissario, se non uno, e molto forte: ricordare Denise il più a lungo possibile e fare della sua assenza una presenza costante. E così mi tengo da conto. Non fumo, bevo poco, sono quasi vegetariano. E so quasi tutto di quasi tutti. Hanno schedato Peppe? E Peppe scheda loro."

"Quasi come un flic," dice Magrite.

"Ma senza intervenire. So storie di corna, di droga, di mazzette, di eredità contese. Mi siedo in un bar con un libro o un giornale, faccio parte dell'arredamento. E ascolto."

Magrite guarda l'orologio.

"S'è fatto tardi, devo andare. Non so quando ci rivedremo, Peppe."

"Quando volete, commissario. Non so quanto vi tratterrete con Madame, ma mi piacerebbe invitarvi a casa mia per mangiare un boccone. Ah, se può essere un richiamo, sappiate che ho delle vecchie incisioni di Fréhel."

"Ma davvero? Sono rarissime," si stupisce Magrite.

"Lo so, lo so."

"E come c'è arrivato, Peppe?"

"Perché Pépé le Couteau doveva vedere *Pépé le Moko*. E nel film c'è Fréhel, quasi irriconoscibile, grassa, sfasciata, che canta *Où est-il donc?*, mentre Jean Gabin è steso sul letto a castello, e lei si commuove, e anch'io mi sono commosso. Sapete una cosa? La considero una specie di madre di Edith Piaf."

"Non è una bestemmia pensarlo."

"Un'ultima cosa, commissario. Non voglio essere invadente, ma ho una specie di debito con il Quai des Orfèvres. A Ischia le guide turistiche vi porteranno nei luoghi belli da vedere. Io, invece, dappertutto. Tenetelo presente. Ecco il mio numero."

"E questo è il mio," dice Magrite, prima di scendere verso l'albergo.

5.

Michelle non è in spiaggia. Logico, il sole scotta. È da Ida, e ha davanti una robusta impepata di cozze.

"Non arrivavi mai, Jules, e ho preferito non disturbarvi. Vuoi assaggiare? Sono meglio delle moules à la marinière di Cap Fréhel."

Magrite ne assaggia una e fa segno di sì. "Ma preferirei qualcosa di più sostanzioso."

"Uno spaghetto alle vongole in bianco?" chiede Giovanni.

"Perfetto." E rivolto a Michelle: "A proposito di Fréhel, ma la cantante, il nostro amico a casa sua ha delle vecchie incisioni".

"Non sapevo che fosse già diventato nostro amico. Jules, va a finire che sarò gelosa di un ex carcerato."

"Come io posso diventare geloso per due lesbiche belghe. Vinci tu due a uno, principessa. Scherzo. E comunque anche tu sei invitata a mangiare qualcosa a casa sua."

"Sei tu l'organizzatore."

"Vuoi sentire la sua storia?"

"Bevendo un limoncello, volentieri."

Gliela racconta.

"Stamattina ho chiamato Jolivet, poi abbiamo incontrato Peppe. I due racconti coincidono. Peppe non ha bluffato."

"Anche perché sapeva che potevi documentarti."

"Non è del tutto vero. Non poteva sapere se Jolivet era ancora vivo oppure no."

"Certo, è una storia da Zola, ma anche a Hugo non sarebbe dispiaciuta. Pensi che ci lascerà in pace, il nostro amico, o ci starà addosso ogni giorno?"

"Penso che sappia stare al suo posto e al tempo stesso penso che gli piaccia l'idea di esserci utile. Si è offerto come guida. Mi ha lasciato il suo numero di cellulare e io gli ho dato il mio."

"Strano."

"È un test, non essere gelosa."

"Scherzavo. Seriamente, Jules, sei mai stato a letto con un uomo?"

"Mai mi punse vaghezza, Madame. A meno che non si voglia considerare omosessuale la gara su chi l'aveva più lungo, tra ragazzini inesperti ma con tempeste ormonali."

"E lei come si era piazzato, cavaliere?"

"In mezzo al gruppo, né tra i primi né tra gli ultimi. E lei con donne?"

"Finora no. Le belghe non sono fanatiche, anzi, le trovo molto simpatiche, ma ogni tanto un po' di pubblicità a quanto si può godere senza un uomo tra i piedi la fanno. Sul serio, per te sarebbe uno choc se ci stessi?"

Magrite le porge il pacchetto di Gauloises.

"È tutto scritto qui di fianco: liberté toujours."

Lei ride per la prontezza di riflessi, lui chiede un caffè doppio e pensa che è bello non dover precisare "bien serré" o "à l'italienne". È una meraviglia il caffè in Italia, a Ischia è ancora più buono che a Milano.

"Saprete della disgrazia," dice Giovanni. Certo che lo sanno, ai Maronti non si parla d'altro, c'è già qualche imbecille che si fa fotografare sotto le Petrelle, più o meno dov'era steso il telo che copriva il corpo rotto di Ovidiu Munteanu. E tutti sono sinceramente dispiaciuti. E tutti dicono che è stata una disgrazia. E tutti dicono che Ovidiu era un bravo ragazzo. E Magrite pensa che i bravi ragazzi è più facile accopparli. È con i cattivi che si rischia. Ma non lo dice. Magrite pensa che non deve pensare troppo a questa vicenda, che è in vacanza con Michelle per la prima volta e che stanno cominciando a conoscersi più a fondo, perché hanno più tempo a disposizione. Pensa che lei da domani ha le giornate bloccate e che lui dovrà modellare le sue su quelle di Michelle.

Da subito.

"Sono sempre il tuo organizzatore?"

"Certamente."

Magrite si alza, prende un foglio dalla tasca posteriore dei pantaloni e s'allontana di una quindicina di metri, in modo che Michelle non possa ascoltare la telefonata. E poi torna con l'espressione gattesca che lei conosce, e che le piace.

"Tutto a posto."

"Cioè?"

"Un pisolino, un'uscita turistica e una serata molto romantica. Dopo tutti questi discorsi gay, il tombeur de femmes che è in me si è risvegliato e urla come King Kong, come Godzilla."

"Fallo tacere, pensiamo al pisolino."

Casa. Pisolino. Doccia. Vestirsi.

"Ignoro la nostra meta. Mi metto elegante o sportiva?"

"Elegante e sportiva. Questa la mia idea."

"Gonna lunga nera e camicetta bianca con una collana di coralli?"

"Anche così sei bellissima. Ma non si può andare in giro, se sei vestita così."

Cioè con un paio di slip. Lei ride e gli lancia addosso un

reggiseno. Lui rinuncia alle magliette da rugby. Una più seria, verde scuro, jeans e mocassini. “Michelle, portati uno scialle o un maglione, se il tempo cambia ne avrai bisogno.”

Taxi. Altra vista dei Maronti dall’alto. Ischia Ponte, Castello Aragonese.

“Questo è il lato turistico,” dice Magrite.

La guida spiega tutto: isolotto vulcanico, solidificato circa trecentomila anni fa. Altezza complessiva centotredici metri. Prima costruzione nel 474 a.C.: Gerone, tiranno di Siracusa. Poi i Romani. Poi c’è passato mezzo mondo: Visigoti, Vandali, Ostrogoti, Arabi, Normanni, Svevi, Angioini. Poi Alfonso d’Aragona, 1441, il traforo nella roccia. Le 1892 famiglie che il complesso ospitava alla fine del XVI secolo. Il vescovo, le monache clarisse, i monaci basiliani, i cimiteri, l’orto. Gli ospiti illustri: Michelangelo, Ariosto, Sannazzaro, l’Aretino. Gioacchino Murat che nel 1809 sopprime gli ordini religiosi. Il castello che diventa prigione dei Borbone: Settembrini, Poerio. A Napoli arriva Garibaldi e Ischia viene annessa al Regno d’Italia: 1860. Si sbaraccano le prigioni e il complesso va alquanto in malora. Nel 1912 lo acquista una famiglia dell’isola. Michelle e Magrite sono saliti in ascensore e scendono a piedi. E a un certo punto gli arriva una musica molto bella, suonata da un pianoforte nascosto. Chi è? Glielo dice una ragazza, appena fuori dal traforo. “È un artista di Milano, Vinicio Capossela. Viene qui a ispirarsi per le sue canzoni.”

Mica stupido, pensa Magrite. Anche lui, forse, tra cielo e mare scriverebbe qualche poesia decente. È una vita che non ne scrive. Michelle gliene ispira quando dorme, e Magrite le fa una carezza leggera, come i cani quando danno una musata per dire guarda che ci sono. Ma non si alza per scrivere. E la mattina dopo non si ricorda nessuna delle parole che gli erano passate per la testa. E poi, scrivere poesie alla sua età? Quale età? Quella anagrafica non se la sente, è strano. Magrite si sente più vecchio o più giovane. Quando ascoltava Peppe, più vecchio. Adesso, ma quasi sempre, onestamente, con Michelle si sente più giovane.

Anche lei. È la vacanza. A Parigi o a Nantes non gli schioccherebbe un bacio sulla guancia più vicina e già un po' ispida. A Ischia Ponte, mentre lui la pilota verso un imbarcadero, sì.

"Sono curiosa. Dove andiamo?"

"In base alle informazioni pervenute a questo ufficio, in paradiso. Forse."

Salgono su una barca che punta verso destra. Contro un cielo stellato il Castello fa la sua bella figura. E ancora più, quando la barca accosta a un pontile, il ristorante immerso tra palme, banani, buganvillee. Si chiama Giardino Eden, è agli scogli di Sant'Anna, e Michelle adesso capisce la battuta sul paradiso.

Tantissime candele. Fari discreti portano ancora più vicini i colori del mare, trasparente, calmissimo, respira appena.

"Jules, ma è un posto fantastico. Grazie a te e al Godzilla o al tombeur de femmes che è in te. È una favola. Basta anche meno per far sciogliere una povera ragazza bretone che non sa nulla di Ischia e poco dell'Italia e che, per essere più precisa, è la prima volta che ci mette piede."

"Avviso alle povere ragazze bretoni: comincia la strategia di seduzione."

Un cameriere compitissimo li guida a un tavolo in prima fila, sul mare. Poi torna con il menu e la carta dei vini.

"Il tombeur mi farà bere per poi abusare di me? La povera ragazza bretone s'informa per potersi regolare poi."

"La risposta è sì."

"Bere Champagne?"

"È già pronto."

"Magnifico. Un brindisi alla felicità. Ho fame."

Michelle mangia come un lupo, non può impedirsi di pensare Magrite. E non ingrassa, beata lei. È bello vederla mangiare. Gusta le prime cozze alla brace con mugolii di piacere.

"Sembrano affumicate. Devo avere la ricetta per far morire d'invidia le mie amiche."

"Alla fine la chiederemo a Ciro."

"È lo chef?"

"Sì, Ciro Calise. Seguendo le indicazioni del giornalista di Milano, dovremmo chiedere, poi, linguine coi ricci e turbante di pesce bandiera. A meno che tu non preferisca qualcosa di crudo."

"Ho visto passare gamberoni e scampi stupendi, andrei sul crudo. Che pesce è il pesce bandiera?"

"Non lo so, mi fido."

Dopo dirà: "È un pesce buono". Due sorbetti, Ciro che spiega come cucinare le cozze alla brace, il cellulare di Magrite che suona. Si allontana dai tavoli. Peppe 'o Francese.

"No, nessun disturbo, abbiamo finito di cenare. Ah sì? Sicuro? Sì, domattina verso le undici mi va bene. Dove? Sì, è un nome che posso ricordare. Come ci arrivo? Intesi, buonanotte."

"Che dice il nostro amico Peppe?"

"Che il ragazzo è stato ammazzato e lui sa chi è stato."

"E perché non lo dice alla polizia, ai carabinieri, a chi di dovere?"

"Non lo so. So che a me lo dirà domani mattina."

6.

Magrite e Michelle hanno la faccia di chi ha passato una bella nottata. Lui l'accompagna in albergo, si vedranno a metà pomeriggio. Poi torna sulla spiaggia e segue le istruzioni di Peppe 'o Francese. Sempre dritto, su una specie di camminamento ora di legno, ora di cemento. Sulla destra, ha detto Peppe, ci sono due aperture verso l'interno. Non imboccare la prima, la più larga, che porta alla sorgente di Olmitello, ma la seconda, più stretta, quasi una gola. Porta a Cavascura. Davanti alla trattoria Pietropaolo, anche nota come Stalino, dovrebbe esserci Peppe. C'è.

"Buongiorno, commissario. Vi va di fare due passi?"

Magrite si guarda intorno. Sulla destra un piccolo corso d'acqua, sulle sponde e sul greto pezzi di maiolica, bottiglie di plastica, metallo arrugginito. E un grosso topo che s'infratta velocissimo tra le canne. Non viene molta voglia di fare due passi. Ma c'è anche, forte, un richiamo della terra. Sembra d'essere in Cappadocia. Un canalone, una faglia tufacea con vegetazione spontanea e oltre la curva la salita è più ripida. Magrite, più pesante di Peppe, comincia a sudare.

"Ne abbiamo per molto?"

"Cento metri, parola mia. Vedrete che ne vale la pena."

Già, anche adesso vale la pena, la parete di tufo diventa a

picco, colombi e passeri sembra che vi si schiantino, invece è il loro nido.

"Le terme di Cavascura c'erano già al tempo dei Romani, sono le più antiche dell'isola. Dopo un bel bagno caldo staremo meglio."

"Un bagno dove?" chiede Magrite.

"Lì dentro." Peppe indica dei teli stinti che in parte coprono l'ingresso a una minigrotta. La vasca è scavata nel tufo, a un'estremità un sasso indica dove appoggiare la testa. L'acqua sgorga a una temperatura molto alta e viene dosata aggiungendogliene di normale. Un sistema di canalizzazione rudimentale ma efficace fa il resto. Magrite si spoglia nudo e si gode l'abbraccio dell'acqua termale. È spiazzante, quel posto. Semplice, quasi dimesso, ma stai lì nel tuo loculo, guardi fuori un pezzo di cielo e pensi ad altro. Magrite pensa di essere un privilegiato e poi pensa che ci porterà Michelle, dovrebbe piacerle, peccato che ci siano solo grotte monoposto e non matrimoniali, perché amarsi alla me Tarzan you Jane è una prospettiva interessante, come l'accenno di erezione nell'acqua ormai tiepida. Si sente meglio, dopo, ed è contento di essersi vestito leggero, una T-shirt bianca sui jeans e scarpe da tennis. Un cappellino, ecco cosa manca.

Fuori lo aspetta Peppe.

"Gradireste una cosina leggera?"

"Non dovrei," dice Magrite, ed è come avesse acconsentito.

Scendono da Stalino.

"Si chiama così perché il nonno di Leonardo, l'attuale proprietario, aveva due baffoni alla Stalin. Pure Renato Guttuso gli ha fatto un ritratto. Con un giorno di prenotazione vi fanno una zuppa di pesce che è la fine del mondo, ma anche il coniglio all'ischitana o alla cacciatora."

La cucina, grande, sembra scavata nella roccia. Pulita che si potrebbe mangiare per terra. Magrite comincia a capire cosa intendeva Peppe con le varie facce di Ischia. Una cucina che potrebbe essere svizzera, un topone. Quante sono le facce?

Peppe sceglie un tavolino all'ombra.

"Staremo leggeri. Solo un primo e un'insalata, va bene?"

Magrite annuisce e scende sul viottolo per telefonare a Michelle. Al tavolino non c'è campo, normale.

"Ciao, principessa. Ho visto un altro posto che ti piacerà. Lì come vanno le cose?"

"Bene, stiamo facendo una partitella a ramino, poi un paio di bruschette e sono pronta per le mani di Angelo. Di nome e di fatto, la mia schiena va già meglio."

Stiamo, lei e le due belghe. Magrite è contento che Michelle abbia trovato compagnia, così lui ha meno sensi di colpa. E d'altra parte nemmeno si vede ad aspettarla sul terrazzo o ai bordi della piscina. È in un posto nuovo, vuole camminarlo, sentirlo, annusarlo. Tanto più che il tempo che passano insieme è davvero senza pensieri, è tutto carpe diem, ora tenero ora esplosivo. Veramente un pensiero in più Magrite ce l'ha, ed è che si sta innamorando più a fondo. Ma va e viene. Viene quando è da solo, o Michelle dorme. Va quando è in compagnia. Come adesso, con Peppe. Che ha chiesto spaghetti alla carbonara e insalate miste.

"Ma la carbonara non è un piatto di Roma?" chiede Magrite.

"Sì, ma la fanno bene anche qui, con una pancetta di Serrara Fontana veramente buona."

Arriva anche il vino bianco della casa, con due bicchieri tozzi.

"Sa un po' di zolfo," commenta Magrite.

"Qui tutto il vino contadino sa di zolfo, non dimenticate che questa è un'isola vulcanica."

L'insalata commuove Magrite, gli ricorda quella che faceva sua nonna Solange, ma è più ricca. Lattuga, indivia, pomodori, rucola selvatica, olive, cetrioli, sedano, finocchio, carotine minuscole, fagiolini bolliti, rondelle di cipolla cruda.

"Tutta roba del loro orto," dice Peppe. E parla in francese, ai tavoli intorno ci sono solo tedeschi (o austriaci).

"Ieri sono andato a parlare con Lia, la ragazza di Ovidiu. Era spaventata e mi ha detto che anche Ovidiu aveva paura. Le aveva raccontato che pochi giorni fa, andando al lavoro, era stato avvicinato da due tipi, uno alto, grosso e pelato, uno basso con tanti capelli. Questi tipi gli avevano chiesto di spacciare droga in pizzeria e anche nel giro dei lavoranti stagionali che vengono dall'Est."

"Di spacciarla lui?"

"Sì."

"Ma è assurdo, mica è sua la pizzeria."

"Vero, ma chi si accorge di una bustina scambiata in un locale affollato? E poi questa gentaglia è furba, s'infila nelle case partendo dal basso e nelle istituzioni partendo dall'alto. Tant'è che a Ovidiu l'hanno detto chiaro: guagliò, se non sei fesso tra un anno la pizzeria te la fai tu, qui oppure al paese tuo."

"Se dite gentaglia sapete chi sono."

"Lo so io come lo sanno tutti quelli che non si tappano gli occhi o guardano da un'altra parte. Quello grosso è Rambo, quello piccolo Virgola. Sono i luogotenenti di Rocco 'o Purp, uno dei camorristi più cattivi dell'ultima generazione. Rambo ha il cervello di un bambino in un corpo di centotrenta chili, fa tutto quello che gli si chiede senza discutere, è il classico cagnone da guardia ma all'occorrenza sa mordere. A Virgola piace fare del male, è come le faine nei pollai."

La frase a Magrite ricorda qualcosa che non sa dimenticare. Vannes. Cerca di svicolare.

"Cos'è Purp?, il cognome?"

"No, il cognome è comunissimo: Esposito. Purp significa polpo. Rocco ha le mani, i tentacoli se preferite, in molti traffici, tutti sporchi. Il riciclaggio avviene al Nord."

Magrite avrebbe tante domande, ma vuole capire meglio la situazione.

"Ovidiu cosa aveva risposto?"

"Che lui era onesto e non ci stava, e aveva aggiunto di non chiederglielo più, altrimenti li avrebbe denunciati."

"E così secondo voi Ovidiu avrebbe firmato la sua condanna a morte?"

"Non ho dubbi. E tra un po' non ne avrete nemmeno voi."

"Perché?"

"Perché adesso andiamo da Lia."

"Come ci andiamo?"

"Con quella," e Peppe indica una vecchia jeep. Magrite non l'aveva notata, era coperta da un grosso trattore agricolo con rimorchio. Insiste per pagare la sua metà del conto (un'inezia). Peppe si accomiata.

"Complimenti a Jolanda, e se torna questo signore trattalo bene," si raccomanda con Leonardo.

Salgono sulla jeep e imboccano una strada (una strada? un sentierone) da incubo, con una pendenza che Magrite non sa calcolare, ma impressionante. Passano tra pareti dritte, levigate dall'acqua, e ci sono un paio di centimetri tra l'auto e il tufo. Passano curve secche che richiedono tre manovre. Magrite teme che la jeep possa ribaltarsi da un momento all'altro. Peppe intuisce.

"Rilassatevi, commissario, su queste strade ho una certa mano. E pensate che chi lavora a Cavascura ogni giorno deve fare su e giù per questa pista. Capirete, girandola un poco, che Ischia è un'isola aspra, faticosa. Le strade, il turismo di massa, il cemento arrivano dopo il 1950, col boom del cinema. Prima era un'isola di contadini, che si muovevano a piedi o a dorso di mulo. C'è una significativa testimonianza di Truman Capote su com'eravamo."

"Interessante. Sapevo di Lamartine e Maupassant, non di Capote. Cos'ha scritto?"

"Sarò lieto di leggervelo, ho tutto a casa. Non prendetemi per sfacciato, commissario, ma mi farebbe davvero piacere invitare voi e Madame a uno spuntino a casa mia, niente di speciale ma offerto col cuore. Domani è domenica, alle terme non lavorano: se vi sta bene, facciamo il bis di oggi. Ci vediamo da Stalino e poi vi porto a spasso, a scoprire un'Ischia diversa da quella dei dépliant turistici. Lunedì pioverà forte tutto il giorno perché verrà lo scirocco. E martedì chissà che succede."

Magrite si sente bene, anche perché la jeep ha ritrovato la strada asfaltata. E accetta.

"Se ci sono contrattempi vi telefono entro stasera."

"Grazie, commissario, mi fate un uomo felice."

"Ma adesso spiegatemi perché volete che vi accompagni dalla ragazza."

"Per ascoltare il suo racconto. Perché non mi prendiate per visionario. Perché rappresentate la giustizia."

"Sì, ma in Francia, non in Italia. Qui sono un turista qualunque e tale voglio restare."

"Capisco perfettamente, commissario. Ma anche a Maigret, quand'era in vacanza, capitavano delle storie."

Magrite non raccoglie.

"Manca molto?"

"Cinque minuti."

"Com'è che la ragazza di voi si fida?"

"Perché ho trovato un lavoro a un suo amico. Ecco, ci siamo."

Hanno lasciato l'asfalto e imboccato una strada polverosa. Magrite non saprebbe dire dove si trova. La jeep si ferma davanti a una strana abitazione, più una catapecchia che una casa. Il tetto è di lastre di lamiera, un grande albero di fichi attenua il caldo. Una ragazza bionda esce dalla porta.

"Cosa volete?"

L'atteggiamento aggressivo sorprende Magrite.

"Lia, ti presento un amico. Puoi fidarti. Mi ripeti quello che m'hai detto ieri?"

"Io non ti ho detto niente. Ti ho detto che ero distrutta per la morte di Ovidiu, questo sì. E che non sapevo altro."

"E l'uomo grosso, quello piccolo? Le minacce? Mi sono inventato tutto io?"

"Non puoi venire qui a torturarmi, con tutto quello che ho passato. Vai via, levati dal cazzo. Io non ho niente da dire, vuoi capirlo sì o no?"

I suoi occhi ora sono due bilie opache. Questione di fortuna, pensa Magrite. Poteva diventare una fotomodella e non una barista in chissà quale bar, confinata a vivere in una topaia.

Peppe non perde la pazienza. Le si avvicina, la prende per le spalle dolcemente.

"Lia, potrei essere tuo padre. Quanto ti hanno dato?"

Allora lei comincia a piangere, gli occhi tornano azzurri, si lamenta facendo versi da animale ferito. Barrisce, pensa Magrite. Avrà diciott'anni e deve già fare i conti col peggio della vita.

"Venite dentro," dice Lia.

Dentro c'è odore di chiuso, di sudore, di frutta troppo matura. Lia s'avvicina a una stufetta di ghisa (funzionerà?), la apre e porge a Peppe una busta gonfia, bianca e non troppo pulita. Peppe sbircia dentro, vede molte banconote viola ed emette un fischio.

"Li hai contati?"

Lia fa segno di sì e ricomincia a piangere.

"Sono quasi ventimila euro. Più di tre anni di lavoro."

"Chi te li ha portati?"

"Un frate del convento qui sotto."

"Sicura?"

"Non ti dico bugie. Un frate tutto nero con gli occhiali. Mi ha detto che hanno fatto una colletta a Testaccio, per me, e volevano restare anonimi. Gli hanno dato la busta perché me la portasse."

"E tu ci credi?"

"No. Nemmeno per la festa del santo patrono si raccoglierebbe una cifra così. Questi soldi arrivano da quelli che hanno ammazzato Ovidiu, l'ho capito subito. E li ho presi. E adesso chissà come mi giudicherete."

"Siamo qui per capire, non per giudicare," dice Peppe, e Magrite sobbalza perché Maigret era affezionato a questa frase.

"Tu cosa faresti, Peppe?"

"Ci sono due possibilità. La prima è che vai alla polizia e dici tutto quello che sai, come hai fatto con me. Dovrebbero proteggerti."

"Sì, e dove mi mettono per proteggermi? Nel Castello Aragonese? Se fossi sicura che pagherà chi ha ammazzato Ovidiu ci andrei, così no."

"E allora vale la seconda. Ti tieni i soldi e parti col primo aliscafo, te ne torni in Polonia e metti in piedi un'attività. Per loro è acquistare il tuo silenzio, per te una forma di indennizzo."

"Ma così si ostacolano le indagini," dice Magrite.

"È francese il tuo amico?" dice la ragazza.

"Sì," dice Peppe. E rivolto a Magrite:

"Quali indagini? In due giorni nessuno è venuto a interrogarla. L'autopsia ha detto che si trattava di caduta accidentale. Fine delle indagini. Commissario, ma credete davvero che la vita di un pizzaiolo romeno valga tanto? Carne da macello, questo sono. Voi non avete idea dell'angoscia e dell'umiliazione che costa un permesso di soggiorno, e di quanto scarsa sia la tutela dei diritti di chi chiede solo di lavorare onestamente".

"Lia dove dorme stasera?"

"Hai un posto sicuro?" Peppe ha capito il non detto da

Magrite. Ossia che ventimila euro sono una bella cifra e che non si sa mai. Metti che, silenzio per silenzio, gli inviati di Rocco 'o Purp la facessero tacere definitivamente e si riprendessero i soldi?

"Ci ho pensato anch'io, Peppe. Se volevano farmi fuori, chi glielo impediva? Potevo anche gridare, qui intorno non c'è nessuno. Dormo da amici, giù al porto. Domattina presto me ne vado. E non torno più."

Ricomincia a piangere.

"Stavo facendo la valigia, ho quasi finito."

"Se aspetti dieci minuti ti diamo un passaggio noi."

"Va bene."

Peppe si rimette al volante.

"Giusto dieci minuti. Facciamo un salto al convento."

Suona il campanello. Esce un frate nero, con gli occhiali.

"Sì?"

"Ha portato lei una busta a Lia, la polacca, qui sopra?"

"Sì, poverina. Quelli che me l'hanno data mi hanno detto che è una colletta. Non l'ho aperta, la busta, ho solo fatto da postino. C'è qualche problema?"

"No. Posso sapere da dove viene?"

"Costa d'Avorio. Sono qui da tre anni."

"Sa dirmi com'erano quelli che le hanno dato la busta?"

"Uno alto, grosso e pelato, l'altro piccolo con tanti capelli."

"Grazie, padre."

"Padre Joseph. Va tutto bene?"

"Sì, va tutto bene. Grazie ancora."

7.

Una domenica di sole. Tutto secondo le previsioni. Magrite e Michelle s'incamminano verso Cavascura tenendosi per mano. Lui ha comprato un cappellino, lei ce l'aveva già. Si fermano a bere un caffè da Ida e una serie di scoppi e rimbombi viene giù quasi rotolando dal crinale.

"Che cos'è?" chiede Magrite.

"La prova dei fuochi d'artificio," dice Giovanni.

"In pieno giorno?"

"Essì. Molti credono che la bellezza dei fuochi sia nel colore, nel disegno che compongono. Ma per gli intenditori conta anche il sonoro."

Magrite scuote la testa, quasi incredulo:

"Quindi, è un po' come se accordassero gli strumenti?".

"Proprio così."

"Non si finisce mai d'imparare," commenta Michelle.

Magrite s'improvvisa guida, ripetendo quel che gli ha raccontato Peppe il giorno prima. Cavascura fa colpo su Michelle.

"Se penso che qui veniva a stendersi Giulio Cesare."

"Obelix no di sicuro, troppo stretto per lui."

Ridono scendendo verso Stalino e guardando i colombi entrare nel tufo. Magrite pensa che stanno per battere il record di convivenza (quattro giorni o cinque? Be', lo batteranno, e alla grande). E quei pochi giorni erano sparsi lungo l'anno, non consecutivi.

Leonardo li accoglie con un piccolo inchino.

"Peppe arriverà tra un'ora, dice che vi conviene star leggeri."

Bruschetta, olive, mezza caraffa di bianco. Michelle non vede l'ora di iniziare il giro turistico. Peppe arriva puntuale con la sua jeep. Magrite apprezza la discrezione.

"Le sospensioni non sono il massimo, è meglio che la signora salga davanti," dice Peppe. "La cintura," aggiunge.

Lei si stupisce.

"Le cinture su una jeep?"

"Le ho fatte aggiungere io. Mi piace essere in regola. Che poi da queste parti non le usi quasi nessuno è un altro discorso."

Partono. Michelle lancia gridolini ora di spavento, ora d'ammirazione. Peppe estrae un binocolo da marina.

"Così vedrete meglio."

Salgono e scendono per strade impervie. Peppe mostra ai due francesi i Pizzi bianchi, più avanti parcheggia e dice che in quindici, venti minuti di camminata – neanche un chilometro di mulattiera – si può arrivare in cima all'Epomeo.

"Per me va bene, ma salgo col mio passo," avvisa Michelle.

"Non abbiamo fretta," dice Peppe, che va su a passi sicuri, da montanaro. Michelle e Magrite lo seguono, a volte incerti, a volte bloccati da una visione quasi magica. L'eremo di san Nicola, un luccicare intenso del mare, i boschi di castagno, inattesi.

"Sì, ci si trovano i funghi, anche i porcini. Ci sono altri sentieri, dalla Pietra dell'Acqua, dalla Falanga, ma sono meno facili."

Arrivano in cima e veramente ne valeva la pena. Magrite ha il fiato un po' grosso, pensa che dovrebbe fumare meno e sa che non ci riuscirà. Peppe elenca una serie di località, ogni tanto passa il binocolo a Michelle che poi lo passa a Magrite. Sembra che ogni vallone, ogni bubbone vulcanico, ogni cosa abbia un nome, a Ischia. Pietra del Mago, Pietra del Turco, Pizzo del Merlo, Pietra Perciata, Buttavento, Selva del Napolitano, Capo dell'Uomo, Erbanera, Terrarossa, Pietra Martone, Perabassa, Selva Massaia, Bosco dei Conti, Gran Sentinella, Punta dello Schiavo.

"Quella croce, là, cosa significa?" chiede Magrite.

"Quella è Bocca di Serra. La croce ricorda il disastro aereo del 9 marzo 1947 e anche una brutta voce che riguarda quelli di Serrara. Voce messa in giro da Truman Capote. Sempre lui."

"Potremmo saperne di più?" chiede Michelle.

"Certamente, sedetevi. Potete anche fumare, basta che poi non buttate la cicca. Di incendi, accidentali o il più delle volte dolosi, qui ne abbiamo già fin troppi."

"Tranquillo, Peppe. Parola di commissario."

"Parola di giudice."

"Parola mia, questo è il mondo alla rovescia. Dunque: il 9 marzo 1947 è quasi mezzogiorno, e dalle case di Serrara sentono vicino il rombo di un aereo, poi il gran rumore dello schianto e il fumo prende a salire da Bocca di Serra."

"Di che aereo si trattava?" chiede Magrite.

"Di un quadrimotore Dakota della Raf. Molto sfortunato. Dopo, hanno calcolato che gli sarebbe bastato volare un metro più in alto per non urtare la montagna. C'era molta nebbia, nonostante l'ora. Succede ancora oggi che sull'Epomeo ci sia come un cappuccio di nebbia. Ma allora la strumentazione a bordo era più arretrata."

"Che rotta seguiva l'aereo?"

"Pare fosse decollato dal Cairo, diretto a Londra."

"Tutti morti?"

"Tutti, una ventina, ma solo tredici corpi riconosciuti, tra cui quello di un bambino di due anni."

"E che ci faceva su un volo militare?"

"Questo è uno dei misteri. E ci porta a Truman Capote."

"M'interessa molto. Che legame c'è tra lo scrittore e Ischia?"

"Turismo sessuale, commissario, potrei risponderle. Capote arrivò sull'isola nel marzo del 1949 e ci rimase quattro mesi. Aveva già scritto *Altre voci, altre stanze*, ma non era molto famoso da queste parti. Arrivò sulla nave *Principessa*, con lui c'era già Jack Dunphy, che avrebbe passato quasi quarant'anni al suo fianco. Per le descrizioni dell'isola, posso leggervi i testi originali a casa mia. Per l'aereo caduto, Capote scrisse che c'erano stati tre superstiti, uccisi a pietrate dai pastori di capre che volevano derubarli di soldi e oggetti di valore. Il suo reportage, pubblicato in Italia dall''Europeo' nel 1950, non fu una bella pubblicità per l'isola, tantomeno per i serraresi."

"Ed era vero quello che scrisse?"

"Io non ero ancora nato, mio padre mi disse che erano tutti morti e che lassù l'odore di carne bruciata misto a quello del carburante era insopportabile. C'è una sola foto del disastro: ritrae un notabile, dico così perché è in giacca e cravatta, stupidamente in posa davanti al relitto, e dietro a lui un carabiniere col moschetto in spalla, messo lì per vigilare. Che poi qualcuno abbia rubato soldi o anelli, non lo so e non lo posso escludere, ma niente di più, niente pietrate ai superstiti. L'ischitano è fondamentalmente buono, tranne quando ha bevuto troppo, ma questo vale per tanta gente. Il problema, qui, è che si parla di delitti non accaduti, come a Bocca di Serra, e poco o nulla di quelli che accadono. Quelli che non uccidono nessuno, a volte, ma la speranza di cambiare, di crescere, quella sì."

S'è fatto serio, Peppe. Magrite e Michelle lo ascoltano con attenzione.

"Siamo troppo vicini a Napoli," riprende Peppe. "Alla camorra, alla criminalità organizzata su basi forti. È come quei mostri delle leggende, tagli una testa e ne spunta subito un'altra. È peggio della mafia, la camorra. I mafiosi hanno sciolto un bambino nell'acido per punire il padre, ma la camorra è più portata alla ferocia gratuita. Ci sono ragazzi strafatti di coca che sparano in faccia per uno sguardo che non gli piace. Un omicidio a pagamento viene a fruttare sui tremila euro a ognuno dei killer. E di testimoni pronti a giurare il falso se ne trovano tanti. Basta pagare o terrorizzare."

Michelle si stringe nelle spalle. S'è alzata una leggera brezza.

"Non offendetevi, Peppe, ma avrei bisogno di mettermi comoda."

"Scusate, giudice. Ho trascurato la vostra schiena."

"Non è il caso di scusarsi, davvero. Anzi, vi ringrazio perché abbiamo visto delle cose meravigliose, che stando in riva al mare non si possono nemmeno immaginare."

"Anche il mare offre cose meravigliose. Dopo la pioggia, quando volete, si può fare un giro in barca."

"Avete una barca?"

"Sì, in condizioni migliori della jeep."

"Si chiama *Denise*, la barca?"

"Sì, come ogni pezzo di pane che mangio, ogni ora che non dormo, ogni bicchiere che bevo."

"Magari un altro giorno, volentieri."

Risalgono sulla jeep, e dopo un quarto d'ora di curve Peppe si ferma davanti a una casa molto semplice, bianca, con fiori alle finestre sulla facciata, un piccolo giardino con rose, margherite e ortensie (la passione dei bretoni). Dietro, un pergolato di glicine e vite americana mescolate, un orto con qualche albero da frutto – ciliegie, albicocche, susine, nespole – e un'imponente spalliera di rosmarino.

"Benvenuti in quello che mi resta," dice Peppe. La casa è ordinatissima, tirata a lucido. Una parete è quasi riempita da un poster che ritrae una donna sorridente, molto bella, e solo a vederla si capisce perché Peppe non la può dimenticare, perché Peppe viva solo per prolungare il suo ricordo, come ha detto lui.

"Era bellissima," dice Michelle.

"*È* bellissima," la corregge Peppe con voce più dura. Poi si scusa: "È, era, tutto dipende da chi sta parlando, non fate caso. Apparecchio subito per la merenda".

In pochi minuti il tavolo è pieno. Una brocca d'acqua, una bottiglia di bianco, una di rosso, e poi: salame, pancetta, una forma di pane rotonda, olive, formaggio di capra, funghi, carciofini e melanzane sott'olio.

"Tutta roba nostrana. I sottoli li faccio io, il resto gente di cui mi fido."

Magrite e Michelle trovano tutto buonissimo, con quel timbro rustico che la grande distribuzione mai avrà, quei sapori che l'industria si sogna.

"Ho fatto una promessa e devo mantenerla," dice Peppe alzandosi, e poco dopo la stanza è riempita dalla voce di Fréhel. "*L'orchestre jouait un brillant tango/ dans ses bras il tenait sa belle/ mais sur la table j'ai pris un couteau/ et ma vengeance fut cruelle.*"

"*La coco,*" esclama Magrite. "La sentivo cantare da una vicina, al paese."

"*Donnez moi d'la coco/ pour troubler mon cerveau,*" dice Peppe. "E la coca, poveretta, la usava davvero, in alternativa o insieme a grandi dosi di alcol."

"So che era bretone e che ha avuto una vita molto difficile," dice Michelle. "Del resto, essendo a mia volta bretone, e nata vicino a Cap Fréhel, non potevo non documentarmi almeno un po' su di lei."

"Scusate, ma bretoni erano i suoi genitori. Di Plougasnou, nel Finistère. Lei nasce come Marguerite Boulc'h al 2 di boulevard Bessières, quartiere Épinettes. Padre ferroviere e invalido, perse un braccio in un incidente sul lavoro. Madre portinaia, ma pare arrotondasse le entrate in un altro modo. A cinque anni Marguerite canta per le strade, accompagnata da un cieco che suona l'organetto. A sette anni sfugge a un tentativo di stupro. A quindici vende porta a porta creme di bellezza per conto di un farmacista di rue Aboukir. È così che incontra la Belle Otéro, già al vertice del successo."

Peppe beve un sorso di vino e riprende.

"La Belle Otéro è colpita da questa ragazza, bellissima e con una voce che contrasta con l'eleganza e la leggerezza del fisico. Una voce drammatica, dura, grave, di popolo. 'Ti chiamerai Pervenche,' dice a Marguerite. A diciassette anni la ragazza si fa notare all'Univers. Incontra Robert Hollard, che frequenta il mondo del cabaret con lo pseudonimo Roberty. La mette incinta, le suggerisce di chiamarsi Fréhel, la sposa e la pianta per un'altra stella della canzone, Damia. Tenete a mente l'età: Fréhel si sposa nel 1908, il divorzio è del 1910. Il figlio campa solo pochi mesi. Lei s'innamora di Maurice Chevalier. Amore folle che dura poco, lui le preferisce Mistinguett – una relazione d'interesse. Staranno insieme dieci anni. Fréhel beve, tira coca, tenta il suicidio, decide di andarsene dalla Francia. La granduchessa Anastasia la chiama per esibirsi a San Pietroburgo. Siamo nel 1911, tenete a mente l'età, Fréhel ha vent'anni."

"Signor Peppe, siete preparatissimo. Più di un francese, anzi, più di un bretone," dice Michelle.

"Lasciate perdere il monsieur, Madame. Denise era bretone, ve l'ho detto, e s'appassionava alle storie di vita vissuta. Voi avete ascoltato un po' di canzoni di Fréhel, le ho registrate quando stavamo a Parigi. Non dico che a Parigi ascoltavamo spessissimo Fréhel, c'era tanto Brel e tanto Ferrat, ma Fréhel appartiene a quel filo rosso, la canzone realista, che parte da Bruant."

"Solo con quello che avete raccontato finora su Fréhel si potrebbe fare un film," dice Magrite.

"Un libro già l'hanno fatto. Se vi interessa ve lo presto. Eccolo qua, il titolo è semplicemente *Fréhel*, scritto da Nicole e Alain Lacombe. Altre volte si trova Frehel senza accento. Scusate, sto parlando troppo."

"Non vi preoccupate, Peppe," dice Michelle.

"Mi piace parlare con voi, è un po' come tornare a Parigi. E poi qui spesso mi ritrovo comme 'a mosca dint'o viscuvato."

Magrite tossicchia.

"Molto solo, una mosca in un palazzo grande come quello del vescovo – è un nostro modo di dire," si affretta a spiegare Peppe. "Fréhel e un film, dicevamo. Ma sarebbe un film che strappa il cuore, e molti direbbero che è una storia romanzata. Dunque, Fréhel va a San Pietroburgo, tiene concerti, colleziona una gran quantità di amanti, non smette di bere e di drogarsi. Quando scoppia la guerra mondiale è a Vienna. Va a Bucarest, poi a Odessa, infine a Costantinopoli. Canta in taverne infime, in ambienti degradati, finisce nei bordelli. Il consolato francese la rimpatria nel '23. Ha trentadue anni ma è come ne avesse più del doppio, come non avesse più età. È sfatta, pesante, è una balena con gli occhi azzurri. Eppure torna sul palcoscenico, nel '25 all'Olympia, presentata come 'l'inoubliable oubliée'. Scrivono che è una matrona che si muove come una maîtresse, ma è un successo. La voce, che sembra venirle dalla pancia, è affascinante. E curiosamente, perché il fisico è quello che è, la vuole anche il cinema. Ne ha girati venti di film – solo particine, s'intende –, spesso nel ruolo di vecchia puttana. Non so se in *Pépé le Moko* avete notato un particolare straziante, tenero, cattivo."

"Questi tre aggettivi nello stesso tempo?"

"Per me sì. La scena è quella con Jean Gabin sdraiato su un letto a castello. Su quello più basso è seduta Fréhel, nel ruolo di Tania, vecchia puttana della casbah di Algeri. A un certo punto si alza e aziona il giradischi, ed è la sua voce che canta, ma soprattutto è la sua foto da ragazza quella attaccata al muro, quindi Fréhel nella finzione del film è obbligata a rivivere la sua vita vera. Come Tania ad Algeri, Marguerite avrà rimpianto a Odessa o a Costantinopoli la sua Parigi lontana. Nel film, accompagna la canzone con una mimica che le fa tremare la pappagorgia, e poi comincia a cantare. Ve la faccio vedere."

"Sì," dice Magrite. Strano. È un'ora che stanno parlando di una cantante morta da più di mezzo secolo, più che altro ne parla Peppe. Con grande partecipazione. Peppe gli sembra un uomo ordinato, preciso, parco. Gesticola meno di tanti che ha visto nei bar, in autobus, sulla spiaggia. Quella in cui sono rientrati – prima erano fuori, sotto il pergolato, sul tavolo di legno un posacenere quasi pieno – non sembra la casa di un uomo solo. Non gliel'ha fatta visitare, ma l'hanno vista quasi tutta: il bagno per rinfrescarsi, il soggiorno-cucina per mangiare, c'è anche il camino, adesso una specie di studio con tanti libri alle pareti. Qualche anarchico, in francese, qualche poeta (Di Giacomo, Gatto), qualche nome che a Magrite suona familiare (Giorgio Bocca, Andrea Camilleri, ah già, quello di Montalbano, Erri De Luca), molte musicassette e cd, italiani e francesi ben separati e in ordine alfabetico (ma guarda, c'è anche Maurice Fanon).

"Pronti," dice Peppe che ha acceso il computer. La scena è quella, sì, e quando Tania-Fréhel inizia ad accompagnare il disco ("*Mon tabac, mon bistrot du coin/ tous les jours pour nous c'était dimanche*") le si bagnano gli occhi. Michelle e Magrite capiscono che i tre aggettivi erano giusti. C'è silenzio, mentre finisce la canzone. E Magrite crede di capire perché Peppe si sente così vicino a Fréhel. Perché piaceva a Denise, sicuro, ma anche perché era obbligata a rivivere il suo passato. Un po' come lui, e questa è un'altra forma di prigionia.

"È morta in un pulciaio di rue Pigalle. L'hanno messa nella cassa col costume bretone, sembrava una bambola gonfia con un fazzoletto rosso al collo."

"Non sapevo un sacco di cose," dice Michelle. "E dov'è sepolta Fréhel? In Bretagna?"

"No, a Parigi, al cimitero di Pantin, dove c'è anche la tomba di Damia. E a Parigi c'è un singolare omaggio, non so quanto volontario, ma mi piace. Nel XX, esatto, zona Père Lachaise, troviamo sia place Edith Piaf, sia place Fréhel. Ma sulla lapide di Edith Piaf c'è una frase di Cocteau, per quella di Fréhel invece Cocteau non si è scomodato."

"E c'è anche place Maurice Chevalier," aggiunge Magrite.

"Sì, ma ci passerei a malincuore," dice Peppe. "Io sono per i generosi, non per i calcolatori. Ma scusate Madame, scusate commissario, vi sto annoiando con una cantante francese, mentre avevo promesso di parlarvi di Ischia e di Truman Capote. Ora rimedio. Ma prima vorrei proporvi un boccone."

"Non credo di farcela," sospira Michelle.

"Se è proprio un boccone," butta lì Magrite.

Il volto di Peppe s'illumina. "Non dimenticate che avete davanti un ex cuoco. Non chef, cuoco. Potete uscire, se volete. C'è un bel tramonto. Quando è pronto vi chiamo."

8.

Il tramonto è davvero bello, Magrite e Michelle avanzano fino allo steccato, sotto c'è un ripido vallone, come per essere più vicini al mare, marezzato d'arancio e porpora. Le cicale hanno lasciato il posto ai grilli.

"Un cuore e una capanna," commenta Magrite accennando alla casa di Peppe.

"Due cuori era meglio," dice Michelle.

Segue un silenzio abbastanza lungo. D'attesa. Poi parla Magrite.

"Ma noi, cioè, ma tu ti vedresti in una situazione così?"

Lei risponde seria.

"Ci pensavo prima, guardando la foto di Denise. La risposta è no. Non mi ci vedo, autosufficiente e sola, in una natura meravigliosa, a ricordare un grande amore morto che inoltre per me non è mai nato. Non interrompermi, Jules. Non sto criticando Peppe, se a lui sta bene così non discuto. È la sua vita. E preferisce viverla con un ricordo che con un'altra donna, magari molto diversa da Denise ma comunque in grado, suppongo, di dargli calore, emozioni, energia."

Gli appoggia una mano sulla spalla e con due dita a V dell'altra gli chiede una sigaretta. Lui gliela passa già accesa, altro segno d'intimità cresciuta. Come il temporaneo abbandono del tu, è già capitato.

“Ma noi,” riprende Michelle, “era l’avvio della vostra frase, commissario. Non era un lapsus, a nostro giudizio, ma una manifestazione di romanticismo alquanto impacciato. Non proprio una non-domanda di matrimonio, per citare il vostro conterraneo di Sète, ma quantomeno un’ipotesi di convivenza sotto lo stesso tetto, qui o altrove. Correggetemi se sbaglio, commissario Magrite.”

Lui sta al gioco.

“I nostri uffici sono pervenuti alla medesima conclusione. Ho già inviato un rapporto alla vostra attenzione.”

“Un rapporto sul rapporto. Geniale.”

“Un rapporto geniale, modestamente, su un bel rapporto.”

E la bacia, all’improvviso. Lei risponde. Lui s’infuoca. Lei lo raffredda.

“Dalla tua espressione lubrica, si dovrebbe parlare di atti osceni in luogo pubblico.”

“Non è luogo pubblico.”

“Ma neanche pubico. Esistono anche gli alberghi, suvvia.”

A Magrite è passata la vampata. Si risiede, sa che c’è altro da dire. E lo dice. “Michelle, io sono sempre più innamorato di te. Partiamo da qui.”

“È una bella partenza, Jules. Vale anche per me. Quando faccio il percorso Kneipp, o sono lì distesa e mezza coperta di fango, mi sforzo di non pensare a nulla e penso a te.”

“Così, io sarei nulla.”

“No, tu sei un orso coglione con la barba ispida. Sei anche una persona perbene, un ottimo professionista e un buon compagno. Un buon amante, vorrei aggiungere, ma non dispongo di una vasta campionatura in cui inserirti. Sai quand’è il momento di ridere e quando è meglio tacere. Con te sto bene a tavola, in giro e a letto. Non sei un collezionista di donne. Non sei il classico bastardo mediterraneo mandrillo e possessivo. Di quanto è cresciuto il tuo ego?”

“Non solo quello è cresciuto, principessa.”

"Ecco, il classico bastardo mediterraneo mandrillo e possessivo. Era nascosto come una murena sotto il masso, e adesso vien fuori."

"Venite dentro, è tutto pronto," chiama Peppe.

Ha apparecchiato la tavola con una tovaglia bianca.

"Che delizia, questo profumo," dice Michelle. "Cos'è?"

"Una delle mie specialità, qualche sciagurato collega la chiama 3P. È uno dei piatti più antichi della cucina napoletana, un piatto povero: pasta, patate e provola."

Peppe serve con un mestolo, in grosse fondine, e decora con un ciuffo di basilico.

Magrite assaggia in silenzio, due, tre cucchiaiate. Poi dice: "Peppe, è una delle cose migliori che abbia mai mangiato in vita mia".

"Davvero," ribadisce Michelle. "C'è il profumo, c'è il sapore, e poi questa consistenza né da pastasciutta né da minestra, fantastica."

Peppe accenna un inchino, piccolo.

"Vi ringrazio. L'affumicato della provola fa la sua parte, ma anche le patate, che non devono essere novelle."

"Ma che pasta è? Ne ho trovati almeno tre tipi diversi," dice Magrite.

"Possono anche essere sei o sette. Si chiama pasta ammischiata, cioè mista. Una volta si usava tutto quel che restava in fondo ai cassetti. Oggi si possono spezzare le paste lunghe, tipo spaghetti e linguine, e poi usare tubetti, mafalde, tripolini. Al supermercato trovate le confezioni di pasta ammischiata già pronte."

"Sono sfacciato, ma chiedo il bis," dice Magrite.

"Mi fate un regalo, commissario," dice Peppe illuminandosi.

"Anche per me, grazie," dice Michelle. "E poi chiudo."

"Ci sarebbero delle salsicce nostrane, nessuno ne vuole?"

"No, grazie," dice Magrite. Lui un paio di salsicce le

manderebbe giù volentieri, ma non vuole passare per mangione agli occhi di Michelle. "Ma due fette di quel formaggio affumicato, tanto per finire il pane, sì."

"Sembra una mozzarella abbronzata," commenta Michelle.

"Vado a prendere il materiale su Capote, quasi me lo dimenticavo. Mannaggia agli anni. Come mi sono dimenticato, commissario, di informarvi che Lia ha lasciato Ischia, di mattina presto. Sono andato all'imbarco per controllare che tutto filasse liscio, ma da lei non mi sono fatto vedere."

"Buona notizia. Lia è giovane, ha tutto il tempo di rimettere insieme i pezzi della sua vita."

Peppe torna con una cartella piena di fotocopie, poi posa due bottiglie sul tavolo.

"Il limoncello lo conoscete, l'altra è di nocillo."

"Fatto con le noci raccolte la notte di San Giovanni, come al mio paese?"

"Uguale. Su al Nord lo chiamano nocino." Poi si siede e legge:

"Appena sbarcato sull'isola Capote inciampò e nella caduta gli si ruppe l'orologio, così capì subito che l'orologio, a Ischia, non serviva. E il suo reportage che 'l'Europeo' pubblicò nel luglio 1950 s'intitolò *L'isola senza tempo*. Lui e Jack Dunphy alloggiarono per quattro mesi alla pensione Di Lustro, a Forio. Ci arrivarono al buio, su una carrozza, forse piuttosto un carretto, tirato da un cavallo. Scrisse Capote: 'Ho sempre pensato che le isole sono come grosse navi tenute permanentemente all'ancora. Metterci il piede sopra è come cominciare a salire sulla passerella che unisce il mare alla terraferma: si è subito presi da un senso di meraviglioso isolamento e sembra che lì niente ci possa raggiungere e nulla ci possa accadere, né di brutto né di spiacevole. Perciò, quando la *Principessa* cominciò ad avvicinarsi a Porto d'Ischia e noi potemmo scorgere meglio la riva, fu bello e commovente come sentire il battito del proprio cuore'".

“Una bella pubblicità, davvero,” dice Magrite versandosi un po’ di nocillo.

“Spesso, scrivendo agli amici, Capote definisce ‘strana’ Ischia. Sentite: ‘Che posto strano, e stranamente incantato è questo. È un’isola al largo della costa di Napoli, molto primitiva, abitata per la maggior parte da viticultori e da pastori di capre, da W.H. Auden e dalla famiglia Mussolini’. Scrive a Cecil Beaton, il fotografo: ‘L’isola è davvero bella e strana, occupiamo quasi un intero piano proprio sul lungomare, il sole è duro come il diamante e c’è dappertutto il piacevole odore meridionale del glicine e delle foglie di limone’.”

“Non sapevo che la vedova Mussolini fosse passata per Ischia,” dice Magrite.

“Sentite come la racconta Truman Capote: ‘La spiaggia di Forio è disseminata di reti da pesca e barche capovolte, e fu qui che vidi per la prima volta la famiglia Mussolini. La vedova del dittatore vive sull’isola insieme a tre dei suoi figliuoli in una specie di esilio volontario, direi, e il solo vederli suscita sempre, a parer mio, qualcosa di molto triste e commovente. La figlia è giovane, bionda e zoppa, ma apparentemente molto spiritosa perché mi accorgo che quando i giovanotti del posto sono con lei sulla spiaggia ridono sempre di cuore. La vedova è sempre vestita di nero e molto poveramente, come tutte le altre donne dell’isola, e spesso la si vede incamminarsi faticosamente su per la salita con la borsa piena che la fa camminare tutta sbilenca. La sua faccia non ha quasi espressione, ma una volta la vidi sorridere e fu quando in paese arrivò un uomo con un pappagallo che pescava i pianeti della fortuna da un vaso di vetro. Lei si fermò per consultarlo e dopo che ebbe letto il suo futuro notai un sorriso impercettibile, quasi leonardesco’.”

“Ma quei quattro mesi Capote come li ha riempiti?”

“Aveva fatto amicizia con Gioconda, definita ‘una bella ragazza’, cameriera alla pensione. Lei non parlava inglese, lui non parlava italiano, s'intendevano a gesti, si divertivano a cucinare dolci americani che non riuscivano mai perché quei due erano troppo occupati a sfogliare il vocabolario per rispettare i tempi di cottura. Scrive Capote: 'Dio solo sa quanto lavori questa ragazza: qui alla pensione fa servizio di tavola e si occupa anche delle camere, cioè si alza prima dell'alba ed è ancora in piedi a mezzanotte. Ma si può considerare fortunata, perché la disoccupazione è la piaga dell'isola e quasi tutte le ragazze di qui sarebbero ben felici di prendere il suo posto. La nostra è la migliore pensione di Forio. Il vitto è buono ed è anche troppo abbondante: sia a colazione che a cena cinque portate e vino, e tutto compreso viene a costare a ognuno di noi circa cento dollari al mese'. A Ischia, Capote ha scritto *Incontro d'estate*, ma ambientandolo altrove. Andava spesso al mare, preferendo gli scogli, e si vedeva al bar in piazza con gli altri americani residenti a Ischia. Il bar era quello di Maria. Capote sospettava che allungasse il vino. Scrisse che non c'era posto migliore per aspettare il postino, seduti, mentre la tenda tintinnava. Descrisse Maria come una donna tozza, con una faccia da zingara. 'Se qualcuno ha bisogno di qualcosa, da un pacchetto di sigarette americane a una casa, lei sa come procurarla. Dicono sia la persona più ricca di Forio. Nel suo caffè non si vede mai una donna. Dubito che Maria lo permetterebbe.' Vi piace il nocillo, commissario?"

"Eccellente, Peppe. Continuate a raccontare."

"Questa storia delle donne, so che poi al caffè ci sono entrate. C'è una poesia di Elsa Morante, la moglie di Moravia, dedicata a Maria."

"Non credevo v'interessaste tanto di letteratura."

"Anche di pittura e di musica, se riguardano Ischia. Anche di storia, di religione, di balli tradizionali come la 'ndrezzata. È una specie di corso di recupero che ho fatto quando sono ritornato qui con Denise. Mi sono accorto che non sapevo nulla della mia isola e ho cercato di saperne di più, per me e anche per raccontarla a Denise. Di Ischia m'è rimasto il dialetto, non la famiglia. Ho passato più tempo in Francia che qui. Sono grato alla Francia, anche se mi ha mandato in galera. Giusto così. Ma non mi sono mai sentito francese. I primi mesi, tornato a Ischia, quasi non la riconoscevo da tanto ci hanno costruito. La riconoscevo però nel mare, nei monti, nei colori, nei sentieri, nelle parracine."

"Cosa sono le parracine?"

"Quei muretti a secco, di pietre tufacee, che dividono le proprietà, le vigne, gli orti."

"I sentieri delle passeggiate di Truman Capote," dice Michelle.

"E non solo sue."

"Prima avevate parlato di turismo sessuale, Peppe. Come dobbiamo intenderlo?"

"Che qui, come del resto altrove, in un Meridione povero, si trovavano compagnie a buon mercato. Penso anche a Capri, alla Taormina di von Gloden, e lì andarono anche Gide, Peyrefitte, lo stesso Capote. A proposito, ecco quel che scrisse sulle feste che organizzava sul tetto della pensione Di Lustro: 'L'avevo decorato con lanterne giapponesi ed erano venute circa cinquanta persone, compresi tutti i più bei pescatori dell'isola. Se la spassavano tutti, eccetto Wystan, che non ballava con nessuno, non parlava con nessuno e se ne stava seduto in un angolo da solo, con la faccia tetra'. Servito anche Auden, barba e capelli."

"Peppe," dice Magrite, "sembra che abbiate fatto un lavoro da topo di biblioteca. Ma cosa c'è dietro a questa voglia, adesso che Denise non c'è più?"

"Giusta domanda, commissario. La risposta è questa: lo faccio per me. Una volta ho sentito dire che conoscere il passato è fondamentale per capire il presente e immaginarsi il futuro. Non ho fatto solo il topo in biblioteca, o su internet. Ho parlato con tanti vecchi: contadini, pescatori, gente semplice. Ischia l'ha lanciata il cinema. Ma, come Napoli e Capri, era una tappa quasi obbligatoria per il turismo sessuale. Pensate che già nella prima metà dell'Ottocento, prima di morire di febbri a Siracusa, a nemmeno quarant'anni, August von Platen aveva scritto che a Napoli l'amore tra uomini era così diffuso che non era necessario porre freno alle richieste più audaci."

"Erano altri tempi, Peppe," cerca di tagliar corto Magrite.

"Lo dite voi. Sono tempi lunghi. Se avete altri cinque minuti vi racconto altre storie. Il nome Krupp certamente vi dice qualcosa."

"Le acciaierie, i cannoni."

"Esatto. A fine Ottocento i lavoratori dipendenti erano quarantacinquemila. Friedrich Alfred Krupp venne a Capri sul suo panfilo *Puritain*, con l'ancora buttata a Marina Piccola. Faceva ricerche sul plancton, aveva una suite al Quisisana, ma aveva anche comprato una casetta a due piani, una specie di piccola torre chiamata la Grotta di fra Felice, e lì si divertiva con giovani capresi."

"E cos'è successo? La popolazione s'è indignata?"

"Manco per idea. Se Krupp si fosse limitato a studiare il plancton di giorno e i ragazzi capresi di notte non gli sarebbe accaduto nulla. Il guaio per lui fu che, mal consigliato, s'immischiò nella politichetta locale, schierandosi con un partito d'ispirazione clericale. Così un giornale socialista di Napoli, 'La propaganda', cominciò ad attaccarlo pubblicando articoli dai titoli molto crudi, tipo CAPRI-SODOMA, poi alla campagna anti-Krupp s'unì 'il Mattino', con una serie di articoli di Matilde Serao, una scrittrice, una penna molto seguita. Insomma, da queste parti la situazione per Krupp diventò invivibile e comunque fu ufficialmente espulso dall'Italia."

"Non conoscevo questa storia," dice Michelle.

"E non è finita. Perché quando Krupp tornò in patria un quotidiano socialista, 'Vorwaerts', riprese la polemica napoletana. Una settimana dopo Krupp fu ritrovato morto nella sua villa di Essen. Colpo apoplettico fu la versione ufficiale, suicidio quella più probabile."

"Ma occorreva arrivare a tanto?"

"Tenete presenti due cose: Krupp era molto amico dell'imperatore e, in quegli anni, in Germania l'omosessualità era un reato."

"Su politica e sesso si potrebbero scrivere dei libri, molti libri," dice Michelle.

"Non cominciate anche voi a tirarlo in ballo," dice Peppe.

"Chi?"

"Berlusconi."

"Veramente non ci pensavo. Ma se volete ci sarà tempo nei prossimi giorni per parlare del vostro ex premier."

"Bene, e io vi racconto l'ultima storia su Capri. Riguarda Oscar Wilde. Dopo i due anni nella prigione di Reading si era rimesso con lord Alfred Douglas. Alloggiano sulla collina di Posillipo e un giorno d'ottobre del 1897 vanno in gita a Capri. Camera al Quisisana. L'episodio lo ha raccontato Axel Munthe: li incontra, di sera, digiuni. Aspettano il vapore per tornare a Napoli. È successo che al ristorante del Quisisana alcuni inglesi hanno riconosciuto Wilde e Douglas e informato il direttore che non intendono stare sotto lo stesso tetto: via quei due, o se ne vanno loro. Con molto garbo, spiega Wilde, sono stati messi alla porta. Munthe li ospita a casa sua."

"A proposito di casa," dice Magrite, "penso sia ora di ringraziarvi e di andare."

"Sono io che vi ringrazio, scusate le chiacchiere. Guardate che domani farà brutto, molto. Non so quanto potrete uscire. Posso permettermi di darvi due cose da mangiare a casa? La pasta e patate è buona anche riscaldata. Ecco, metto la pentola in un sacchetto, e nell'altro ci metto le salsicce, i friarielli, i peperoni. Ecco."

Escono, il cielo è un po' coperto ma non fa freddo. Con la jeep Peppe non va fino in fondo alla strada dei Maronti, ferma prima e indica sulla sinistra un varco tra i rampicanti.

"Lì c'è una scala, illuminata, ma fate attenzione. Arriverete a pochi metri dalle Petrelle."

Così è.

9.

Bigliettino di Michelle sul tavolo: *Sono uscita prima e dormivi. Ti ho preparato del caffè, nel caso già piovesse.* Come firma, un fiorellino. Magrite apprezza, preme un pulsante e alza le serrande, con un ultimo sbadiglio. Sono quasi le dieci, accidenti se ha dormito. Sarà stato il nocillo o è stanchezza accumulata? Di certo c'è che a Ischia riesce a dormire più del solito.

E se fosse l'amore? Decide di non pensarci, si versa una tazza di caffè. È ancora tiepido. Accende una sigaretta. Esce sul balcone. Il cielo si sta riempiendo di grosse nuvole scure. Lo scirocco arriva da Capri, aveva detto Peppe, il libeccio da dietro Sant'Angelo. Allora è scirocco. Fastidioso. Magrite torna dentro, chiude le finestre. Michelle arriva col fiatone.

"Sta cominciando a piovere. Ho preso un po' di pane in albergo e un po' di frutta da un'anziana signora che girava con un cestino in testa. Ciliegie e nespole."

"Perfetto, principessa. E grazie del caffè."

"Tutta qui, la gratitudine?"

"No, solo un anticipo. Un cerino al cospetto del Vesuvio."

"Meno male. Anche perché ho detto alle ragazze delle camere che possono saltarci, per oggi, visto il tempo che fa e che farà."

“Musica per le mie orecchie. E le tue terapie pomeridiane?”

“Cancellate anche quelle, per la stessa ragione.”

“Fantastico, tutto il giorno per noi. Ho un piano.”

“Potete mettermene a parte, cavaliere?”

“Il primo punto, principessa, si riassume in un bel caffè caldo, preparato dalle vostre deliziose mani. Tutto il resto, piacere. A piacere.”

“Allora tanto vale che mi sbrighi col caffè.” Lo bevono lentamente, scambiandosi una sigaretta. La pioggia è sempre più forte, sul tetto e contro i vetri. Magrite chiude le imposte. Forti anche i tuoni. E salta la luce. Buio totale. Dalla sedia a una specie di trumeau c’è poco più di un passo. E prende una pila, nel cassetto. L’avevano comprata il secondo giorno a Ischia, per non andare a sbattere nelle notti senza luna.

“Non mi perdonerei mai se v’infortunaste mentre vi svestite trionfalmente.”

“Metti via la pila, cretino. Credi d’essere al Crazy Horse?”

“No, e tu non sei Trucula Bonbon o Rosa Fumetto. Così come io non sono un voyeur ma un esteta estivo ed estatico. Non ho chiesto uno striptease, non m’interessa. Voglio che mi riempi gli occhi, voglio amarti con gli occhi.”

Michelle si spoglia al buio e lui la guarda, nel cerchio di luce. Si toglie le espadrillas, i bermuda, gli slip, la camicia, il reggiseno. Come mai prima gli slip, pensa per un attimo Magrite, ma è troppo concentrato nel dirigere il fascio di luce. Mai casualmente.

“Ma allora sei proprio un vecchio porco,” dice Michelle.

“Non mi sento vecchio,” dice Magrite, e intanto le punta la luce sul viso, sui capelli, sugli occhi, sulla bocca.

“Il porco anzianotto, poeta e pittore, al suo bell’amore dà questo strambotto.”

“Andiamo già meglio.”

"Andremo ancora meglio," dice lui a voce più bassa, rovesciandosi sulla schiena. "Equipaggio, a bordo."

Per la prima volta da quando si conoscono, lei grida di piacere. E poi dormono, anche se la corrente elettrica è tornata. Dormono anche se piove forte e il vento sembra volersi portare via le palme. Dormono.

E poi è bello riscaldare la pasta con le patate, mangiarla ringraziando mentalmente Peppe, mangiare le nespole sbucciandole con le mani, bere un bicchiere di vino lasciandoci sopra le ditate.

"È il giorno più bello da quando siamo arrivati," dice Magrite.

"Il più nostro. Senza impegni," dice Michelle.

"Non ho una grande esperienza e non vorrei urtare la tua sensibilità, ma sembra una giornata bretone, di quelle brutte."

"È vero, andiamo fuori a vedere."

Sul balcone la pioggia li investe e li fa arretrare. Enormi onde scure vanno e vengono. Le barche sono state portate in salvo, negli orti. Tutti i locali della spiaggia sono chiusi. Magrite pensa ai pinnacoli calcarei, alle gole, perché anche dalla montagna arriva acqua. Serrara Fontana è in un mantello di nuvole, il faro di Capri si distingue a fatica tra i cavalloni.

"Pensa che culo, navigare oggi. A noi è andata bene."

"Non so se oggi si sbarca, il mare è troppo mosso. A me la pioggia non dà fastidio, anzi. Mi piace. E mi piacerebbe andare con te più vicino al mare, per quanto si può. E raccontarti di vecchie cose bretoni."

"Bagnandoci fino alle ossa."

"Non fa così freddo, e poi ti dico una mia idea, che ho da quando ero piccola, da quando andavo a vedere le mareggiate dall'alto, a Cap Fréhel, o stando tra i pini, alle Sables d'or. La pioggia dà fastidio quando sei vestito, quando t'inzuppa maglione, camicia, pantaloni, e tutto s'incolla alla pelle. Altrimenti ti scorre sopra e se ne va, è come fare una doccia."

LUBRICO = scivoloso. (detto di cose e persone)

“Ti accompagno perché m’interessano le vecchie cose bretoni. Ma nudi non possiamo permettercelo, neanche in un giorno così.”

“Nudi no, ma poco vestiti sì. Infila i sandali e un costume da bagno, commissario. A me basta il bikini.”

“E fuori è impossibile fumare,” brontola Magrite.

“E piantala di lamentarti, varrà più la tua donna del tuo fottuto pacchetto di Gauloises.”

“Puoi ripetere tutta la frase, per favore?”

“No, un’altra volta stai più attento,” ride lei.

Scendono le scale, si siedono sul muretto con le gambe penzoloni. Il mare, dal rumore che fa, sembra si stia mangiando la spiaggia.

“Sai cosa dicono i marinai bretoni? Che quando si è in mare il pericolo maggiore è la terra.”

“Capisco. Mi hanno sempre impressionato quei vostri proverbi. ‘Qui voit Sein voit sa fin. Qui voit Molène voit sa peine. Qui voit Ouessant voit son sang.’ Sono cupi.”

“Cupa è la storia di naufragi, di morti. Da Ouessant passano cinquemila navi l’anno, è uno dei tratti più navigati e temuti. Ci sono cinque fari a segnalare i punti più pericolosi.”

“Mi ha sempre affascinato l’isola di Sein. Come si chiamano gli abitanti? Seins?”

“Sei un lubrico buffone. Si chiamano Sénans. L’altezza sul mare è inferiore ai due metri, tant’è che è stata sommersa parecchie volte. Pensa che il Re Sole decise di abolire le tasse per i Sénans, perché sarebbe stato come tassare il mare, o il vento. Tutti gli uomini dell’isola aderirono alla Resistenza. Erano circa centocinquanta. Un terzo morì. C’è un bellissimo monumento che li ricorda, con una scritta in bretone e una in francese. In francese: IL SOLDATO CHE NON SI RICONOSCE VINTO HA SEMPRE RAGIONE. In bretone: KENTOC’H MERVEL. Piuttosto, morire.”

“Tu lo parli il bretone?”

"Solo le parole fondamentali: pane, vino, buongiorno, buonasera, mare, terra, sole, luna, vento, pioggia."

Magrite pensa che Michelle ha ragione: quando sei bagnato, la pioggia non dà fastidio. Gli viene in mente l'aggettivo lustrale, lo rimuove come fosse una mosca. C'è qualcosa di pagano in quel restare fermi sotto la pioggia, nel parlare come fossero seduti in un ristorante o su un treno, o anche stesi a letto, perché no. E c'è anche qualcosa di tenero e profondo in questa condivisione di pezzi di passato. Per questo, pensa Magrite, l'isola d'Ischia avrà la sua eterna (insomma, eterna è un po' tanto) gratitudine. Perché è un luogo che gli ha dato il tempo.

Michelle slaccia il sopra del costume.

"Ed ecco a voi gli abitanti dell'isola di Sein. Non c'è in giro nessuno, vero?"

Magrite è emozionato come se fosse la prima volta che li vede. Non è la prima volta. La prima volta, a Vannes. Ma è la prima volta all'aperto, sotto una pioggia fitta che incolla i capelli al cranio e ruscella per tutto il corpo. Una pioggia che scivola sui seni di Michelle, indurisce i capezzoli. Magrite pensa che, avanti di questo passo, davvero rischia un'incriminazione per atti osceni (osceni?) in luogo pubblico.

I capelli di Michelle sono di un rosso scuro, gli occhi chiari. Sembra una dea del mare.

"La Venere di Botticelli al confronto è nulla," dice Magrite.

Michelle ringrazia con un piccolo inchino.

"Vedi che si può stare un po' senza fumare, vecchio orso?"

"Durasse ancora molto questa pioggia benedetta, potrei anche smettere. Posso chiederti una cosa, Michelle? Mi dici in bretone le parole di prima?"

"Non le ricordo tutte, Jules."

"Io sì. Pane, vino."

"Bara, gwin."

"Buongiorno, buonasera."

"Demat, noz vat."
"Mare, terra"
"Mor, douar."
"Sole, luna"
"Heol, loar."
"Vento, pioggia."
"Avel, glav."
"Vecchio porco"
"Devo pensarci. Vecchio è kozh. Porco non ricordo."
"Concentrati su di me."
"Ci sono: pemoc'h. Kozh pemoc'h."
"Ti amo."
"Non l'ho mai detto a nessuno, in bretone."
"Chiedo solo una traduzione, niente di impegnativo."
"Da garout a ran, questa è la traduzione."
Magrite aspetta.
"Da garout a ran," ripete Michelle guardandolo dritto negli occhi, con una ciocca rossa che scende quasi come una benda sul suo occhio destro.
"Da garout a ran," dice Magrite, con tutta la dolcezza che trabocca.
Scendono dal muretto, salgono verso l'appartamento. Prima di aprire la porta Magrite prende in braccio Michelle.
"Siamo praticamente fidanzati, ragazza."
Poi vanno sotto la doccia, tiepida e lunga. Acqua addomesticata. Fuori continua a piovere. Acqua selvaggia. Poi fanno l'amore, con saggia lentezza. Michelle non urla, fa versi da tigre buona. Magrite affonda nella felicità. La luce va e viene, ma non ha importanza. La luce è dentro. E dentro resta, anche quando l'impianto riprende a funzionare.
"Kroz perrok ha fame," dice Magrite.
"Kohz pemoc'h," corregge Michelle.
"Sempre fame è."
"Non hai memoria sul bretone, Jules."

"In effetti, ricordo solo una frase."

"Quale?" Lei chiede, ma già sa.

"Da garout a ran." E l'abbraccia. Lei si svincola.

"C'è da fare. Apri il frigo, taglia i pomodori, se vuoi c'è anche una cipolla. Taglia il pane. Muoversi, muoversi. Io penso alle salsicce. Tu apri una bottiglia di vino rosso, se c'è."

C'è. Le salsicce sfrigolano in padella. Profumo delizioso. Si mettono a tavola. Michelle è scalza, addosso ha una felpa verde muschio che fa risaltare il colore dei capelli.

"Ho fame anch'io. Che cos'è questo sapore, nella salsiccia?"

"Finocchio selvatico. Alla nostra."

Brindano. Magrite accende il televisore.

"Vediamo cos'è successo nel mondo, nel giorno più bello della mia vita."

Le Borse che salgono, le Borse che calano, qualche faccia di politico. Magrite non capisce cosa dicono. Il quadro cambia, lo speaker indossa l'espressione di circostanza. Magrite coglie la parola Ischia, la parola disastro, le parole tre morti, e intanto sullo schermo vede, sotto la luce delle cellule fotoelettriche, pompieri nel fango, un'immensa colata di fango dove probabilmente c'era una casa, e altri uomini che li aiutano. Per un attimo, tra questi, Magrite crede di riconoscere Peppe Couteau. Su un rialzo, come un coro greco, donne, vecchi e bambini guardano. Molti piangono.

Magrite va a dormire sentendosi in colpa. Un giorno di felicità in un giorno di dolore. Ma sta attaccato a Michelle come una cozza allo scoglio. E le dice da garout a ran anche quando il respiro di lei fa capire che dorme. Domani chiamerà Peppe, ma intanto da garout a ran, Michelle, da garout a ran per tutta la vita. Possibilmente.

10.

Pina ha gli occhi rossi, dietro il bancone.

"Gesù, che disgrazia."

"Abbiamo sentito, la tv parlava di tre morti, di una frana."

"Quattro, i morti sono quattro. Tutta la famiglia di Paolino. Lui, la moglie, due creature. Il bambino più piccolo l'hanno trovato che era quasi chiaro. Povera, povera gente, poveri innocenti."

"Dov'è successo?"

"Tra Campagnano e i Pilastri. Non è la prima disgrazia che succede."

Magrite accompagna Michelle in albergo, arrivederci al pomeriggio. Poi chiama Peppe al cellulare. Risponde al primo squillo.

"Disturbo, Peppe?"

"Ma che dite, commissario? Non disturbate mai. Sono sveglio da un pezzo."

"Mi è sembrato di vedervi spalare, in una sequenza del servizio in tv."

"Sì, ero là, come tanti, a dare una mano, a sperare che si fosse salvato qualcuno."

"Ma com'è stato possibile?"

"Se vi trovate fra un quarto d'ora alla fermata del 5 provo a farvelo capire. Ma non sarà facile capire, per voi che venite da fuori."

Peppe arriva in anticipo. C'è ancora vento, ma l'intensità della pioggia è calata. Tante piccole frane hanno ristretto la strada che sale verso Testaccio. A Testaccio un'altra frana, più grossa. Il cielo è colore del piombo. Peppe e Magrite arrivano vicino al luogo del disastro. Dall'alto, si capisce che l'abitazione delle vittime sorgeva in una zona molto pericolosa. La frana, come una valanga di sassi e fango, l'ha investita e spazzata via come fosse di paglia.

"Li conoscevate, Peppe?"

"Lui sì, un bravo guaglione. Disoccupato e gran lavoratore, povero Paolino."

"Sembra una contraddizione."

"Qui è normale. Col turismo si guadagna in teoria da Pasqua a fine settembre, in pratica poco più di quattro mesi. E il resto dell'anno è dura. C'era da potare la vigna o vendemmiare? Chiamavi Paolino. Un solaio da vuotare, una barca da calafatare? Chiamavi Paolino. Un cesso da sgorgare, una fondamenta da buttare? Paolino. La casa che è stata la sua tomba se l'è costruita da solo."

Magrite continua a guardare la scena, col cuore stretto. La casa era come fosse su una pista da bowling, e la frana una boccia che ha fatto strike. Resta come una ferita ocracea sul fianco del monte, un taglio dritto quasi chirurgico.

"Sapete cos'ho trovato, scavando? Il cane, poveraccio anche lui, con la bocca piena di fango, come se avesse cercato di dare l'allarme."

"E chi l'ha dato, l'allarme?"

"I vicini di casa, che l'hanno schivata per un pelo. Vedete quel pezzo di muro bianco, oltre il canneto? Lì ci abitano Gaetano, che fa l'imbianchino, sua madre, sua moglie e i cinque figli. Dalla casa di Paolino saranno duecento metri, più o meno."

"Abusiva anche quella?"

"Certamente."

"E chi ci abita sa del pericolo che corre?"

"Certamente."

"E perché continuano a starci?"

"Perché si pensa che le disgrazie, come le malattie, capitino sempre agli altri. Perché raramente viene giù tanta acqua come ieri. Se, per ipotesi, piovesse per una settimana non so quante case resterebbero in piedi. Perché non hanno un altro posto dove andare. Perché pregano santa Restituta, san Rocco, san Giorgio, san Vincenzo, san Leonardo, santa Maria Maddalena, san Vito, san Michele arcangelo, san Giovan Giuseppe della Croce, chi ci crede. Pregano Dio, la Madonna. Oppure non pregano. Tanto è uguale. A chi tocca tocca. Pensate a quei disgraziati in Emilia, pochi mesi fa. Un terremoto fortissimo in una terra piatta, un biliardo. Qui lo sappiamo che questa terra trema. I vecchi dicono ancora che è successa una casamicciola, per indicare un finimondo."

"Casamicciola come il paese?"

"Proprio. Arrivò un terremoto nel 1881 e fece centoventi morti, in marzo. Un altro più forte arrivò alla fine di luglio del 1883, all'ora di cena. La scossa peggiore durò almeno quindici secondi. Quasi mille e ottocento morti solo a Casamicciola, duemila e trecento in tutta l'isola, anche turisti stranieri. Il re Umberto I mandò l'esercito per gli immediati soccorsi. Nel terremoto Benedetto Croce, il filosofo, perse i genitori e la sorella. Aveva diciassette anni, rimase tutta la notte sepolto."

"Scusate Peppe, ma un terremoto è molto meno prevedibile di una frana."

"Sì. Ma volete sapere la vera ragione per cui sono morti Paolino e la sua famiglia? Perché erano poveri. E sull'isola un povero può costruire solo su terreni da povero, cioè a rischio."

"Ma non esistono piani regolatori?"

Peppe fa una risata agra.

"Che vi credete, commissario, che siamo in Germania o in Norvegia? I piani regolatori ci sono e non ci sono. Dove ci sono, sono sistematicamente violati. Dove non ci sono, il problema non esiste e ognuno fa come gli pare. In una notte si possono buttare le fondamenta, in un giorno si tira su la casa fino al tetto, basta essere una dozzina a lavorare, uomo più uomo meno. Avete voglia di fare un giro? Aiuta a capire meglio."

"Vada per il giro."

Non piove più, è tornato il sole. Rende più trionfale il verde. Peppe torna verso Barano e prosegue oltre Serrara Fontana, ma prima porta Magrite al belvedere, in piazza.

"Guardate il panorama e guardate quante case abusive." Gliele indica a una a una. Quelle troppo vicine al mare, quelle alte sui costoni, quelle altre in zona protetta. Magrite non commenta. Pensa a come sarebbe bella Ischia – già è bellissima – con meno cemento, con più controlli. E sembra che Peppe gli legga in testa.

"Commissario, se parlate con la gente ve lo diranno in tanti. Qua basterebbero cinque anni governati da un tedesco, o da uno svizzero-tedesco già andrebbe bene, e si starebbe divinamente. Oppure basterebbe una sola gestione per tutta l'isola, in mano a una persona onesta, intelligente, davvero al servizio della comunità. Ma è una descrizione da fantascienza."

"Ma il potere, Peppe, com'è organizzato?"

"Siamo sei comuni uniti dall'antipatia, se non è peggio, se non è antico odio, verso i comuni confinanti. Si parlano sette dialetti, anche la frazione di Panza ha il suo. Qui a Serrara nel dialetto entrano parole e cadenze siciliane, altrove è più simile al napoletano. Ma non voglio annoiarvi, commissario."

"Continuate, invece. Sono tutte informazioni che non si trovano sulle guide."

"Indietro nei secoli, la terra di valore era quella in alto, la meno esposta alle scorrerie dei pirati saraceni. Ecco, adesso stiamo attraversando Panza. Tra qui e Forio, nel Cinquecento, gli uomini di Khayr-al-Din, un pirata turco chiamato anche Barbarossa, bruciarono le case, violentarono le donne e tra gli uomini se ne contarono più di duemila tra uccisi e deportati per essere venduti come schiavi sul mercato di Algeri. Ai pirati di allora non interessava occupare le terre, loro volevano solo fare bottino, anche umano. Ai pirati attuali, agli speculatori, interessa il mare. O un comodo accesso al mare."

"Dove stiamo andando, Peppe?"

"Al bosco della Maddalena, per vedere una scorreria più recente. Voi mi sembrate interessato all'abusivismo. Allora vi dico che, su centomila case fuorilegge in Campania, più di ventimila si trovano sull'isola, e la maggior parte sono nel comune di Forio."

"Hanno fatto dei condoni?"

"E come no. Uno per ognuno degli ultimi tre decenni. Ma arriverei a dire che il condono è implicito. Ci sta un magistrato a Napoli molto sensibile all'abusivismo. Allora ogni tanto per tenere tutti buoni si fa una sceneggiata. Viene abbattuta un'abitazione abusiva, spesso poco più d'una baracca e sempre di proprietà di un poveraccio. Mai che prendessero di mira la villa del prefetto o dell'ex ministro, o del famoso dentista o dei noti camorristi. E questo, cazzo, non è giusto. Siccome una demolizione è un evento rarissimo, ha bisogno della coreografia: muraglia umana a difesa dell'abitazione, uomini e donne, bambini che piangono, poliziotti in assetto di guerra. Tensione, scontri, feriti e contusi e poi la casa viene abbattuta."

"E poi?"

"Poi niente, è come quando viene una nuvoletta: piscia

quattro gocce d'acqua e sparisce. Poi, il poveraccio e gli amici tirano su un'altra baracca da un'altra parte e sapete quanto tempo ha da passare prima che torni la nuvoletta?"

"Ma i sindaci che fanno?"

"Se vogliono essere eletti devono cancellare dai discorsi la parola abusivismo e dai programmi annunciati la lotta al medesimo. Tra maggioranza e opposizione c'è identità di vedute e quindi identità d'interessi. Così torniamo a quel che si diceva prima, sul governatore tedesco. Ogni comune fa storia a sé, ogni comune fa corsa a sé e si guarda al particolare, si ragiona in piccolo per conservare quel piccolo potere. Piccolo, ma porta gravi danni. Questa è la terza isola italiana per numero d'abitanti, dopo Sicilia e Sardegna. Un luogo simile non esiste in tutto il Mediterraneo. Dal 1951 il cemento s'è quintuplicato, e si vuole costruire ancora. Ci sono quarantamila posti letto. Ogni anno, otto milioni di visitatori."

"Sono numeri importanti, Peppe. Mi pare che noi in Francia non abbiamo nulla di simile."

"Pare anche a me, commissario. Perché qui s'incrociano i trattamenti curativi e la vacanza vera, che può essere mondana come a Saint-Tropez. Lo è stata, mezzo secolo fa, adesso meno. Oppure si può scegliere una vacanza del silenzio. I posti ci sono, isolati e tranquilli."

"Forse Quiberon," dice Magrite, "unisce le cure e il mare."

"Ma non è un mare come il nostro, a Quiberon è bello da vedere, punto e stop. A Ischia, nonostante tutto, ci si può ancora bagnare con soddisfazione."

"Nonostante cosa?"

"Diciamo che le singole amministrazioni non sono state molto sollecite nel mettere i depuratori e chi stava sopra non si curava molto di quello che scaricava sotto, e chi stava sotto provava a protestare e poi diceva: allora, se è così, mica vale la pena di mettere un depuratore, un filtro, insomma qualcosa che impedisca di trasformare il mare in una mezza fogna. E via scarichi a mare. Poi qualcosa è stato fatto, in parte."

"A me, senza entrarci, non è parso tanto sporco," dice Magrite.

In effetti a lui il mare dice poco. Michelle, che ha già preso un po' d'abbronzatura, ha provato a chiamarlo in acqua ma lui non ne vuole sapere. La guarda da una sdraio, stando all'ombra, o da un tavolino del bar. Perché il mare non gli piace? Non è proprio così. Sarebbe più giusto dire che Magrite e il mare hanno poco da dirsi e da darsi. Non tanto perché è nato sotto una montagna, ma perché è un camminatore e in acqua si sente goffo, limitato. Certo, può nuotare, sa nuotare, ma non è la stessa cosa. Michelle ha anche provato a tentarlo con il bagno di mezzanotte. Zero risultati, il mare buio gli incute una diffidenza non lontana dalla paura. Il mare, ecco, Magrite lo vive bene solo come componente del paesaggio, non importa se trasparente o metallico, mosso o calmo. Il mare, pensa Magrite, lo contiene nel cognome. Mare, mer. Cosa resta? Git, gita. Gita-mer è cosa bilingue, da turisti. M'agiter è il suo anagramma. Sbagliato, perché si agita pochissimo. E anche ma tigre. Si chiamasse Magrice il suo anagramma sarebbe Grimace, smorfia. E sarebbe Magister se si chiamasse Magrites. Cazzate, chissà come gli vengono in mente.

"Gradite un caffè, commissario?"

"Anche due."

Peppe parcheggia in piazza Marina, a Casamicciola.

"Caldo o freddo?"

"Caldo," dice Magrite d'istinto, anche se lo berrebbe volentieri freddo, shakerato, come lo fa Vincenzo, il barman dell'albergo.

"Cos'è quell'enorme costruzione in rovina?" chiede poi a Peppe, quasi bruscamente. È come un palazzo nobiliare con la lebbra, porte e finestre sfondate. Un'apparizione da film dell'orrore, ambientato tra le nebbie della Cornovaglia. Invece è lì, sul lungomare, come un monumento all'incuria. Impossibile non vederlo, non trovarlo ripugnante, ma al tempo stesso la mente cerca di respingere questa bruttezza, di considerarla un'apparizione, un miraggio deragliato.

"Si chiama, o meglio si chiamava, Pio Monte della Misericordia. Rappresenta, o meglio rappresentava, il primo esempio di termalismo sociale in Europa."

"Addirittura, Peppe."

"Vedete voi, commissario. Il Monte fu fondato ai primi del Seicento da un gruppo di nobili napoletani. Era destinato ai malati poveri e bisognosi di cure. Cure, vitto, alloggio, tutto gratis. Sorgeva più lontano dal mare, in piazza Bagni, e fu abbattuto dal terremoto del 1883. La fondazione lo ricostruì dove ora vedete le rovine nel 1905, con tubazioni di oltre mezzo chilometro per collegarlo alla sorgente del Gurgitiello. Ospitava trecento persone. È stato chiuso nel 1973, quando sono partito per la Francia funzionava ancora. Mi affascinava una scritta, una specie di rebus in latino: FAEOG. Ognuna di queste lettere era scritta in cima a una collina. Mi hanno detto che era latino, significava: fluisce a esso ogni gente."

"E poi?"

"E poi niente. L'hanno spogliato di tutto, dentro: le piastrelle decorate, le vasche di marmo, gli oggetti quotidiani. Sono rimasti i muri, come li vedete, e forse una statua della Madonna. Dico forse perché c'era, l'ultima volta che sono stato dentro. C'erano bottiglie vuote, detriti, bestie morte, lattine, siringhe, buche nel pavimento, escrementi, ed è una vergogna che nessuno faccia nulla. Anche perché le rovine le vedono tutti, appena sbarcati. Anche perché in queste condizioni è pericoloso. Anche perché proprio a fianco c'è un parco-giochi per i bambini. Ma questo è un rudere, adesso ci aggiorniamo. Oppure volete entrare a dare un'occhiata?"

"No, grazie, quello che ho visto mi basta."

“Allora salite, si va nel bosco della Maddalena.”

Bello, silenzioso il bosco di lecci e pini. Magrite sente aria di casa, ma non lo dice. Anche perché Peppe gli sta indicando un’area enorme con le fondamenta già calate, dalle dimensioni del perimetro si direbbe un grosso albergo.

“Ma chi ha dato il permesso per questa mostruosità?”

Peppe sorride, una delle poche volte da quando Magrite l’ha incontrato.

“Hanno buttato giù alberi, sbancato. Volete sapere la destinazione dell’edificio? Caserma delle guardie forestali. Che sono una dozzina, quindi la gente non capiva perché fossero previsti oltre cento posti-letto. Ma a lei pare normale che si sacrifichi un pezzo di bosco per costruire il rifugio di chi per ruolo quel verde dovrebbe difenderlo?”

“Ma è pazzesco, è lo stato che viola la sue stesse leggi.”

“Certo, ma è anche lo stato, in questo caso il Tar, che blocca i lavori perché vuole vederci chiaro. Però, sapete, da noi si dice passata la festa gabbato lo santo. Il danno, come vedete, è già stato fatto. Soldi pubblici ne sono stati buttati. Ora si tratta di vedere se arriveranno anche le beffe. Pure la caserma dei carabinieri, a Forio, è fuori legge. Un ecomostro non ultimato. Vent’anni che devono abbatterla, ma è sempre lì. L’anno scorso s’è sentito parlare di progettare la prima caserma ecocompatibile d’Italia, ma non è chiara una cosa: l’abbattono in tutti e tre i piani di cemento armato o la rendono in qualche modo presentabile? Come il Pio Monte, anche l’ecomostro si vede benissimo, sopra la baia di Citara.”

“È mai stato fatto un referendum per il comune unico?”

“Sì, l’anno scorso. Ma non ha raggiunto il quorum. Hanno votato in quindicimila su cinquantatremila aventi diritto. Hanno espresso quasi tredicimila sì, a favore del comune unico. Il vero no non è venuto dalle urne ma dall’astensione, massiccia. C’è una parte dell’isola che vuole cambiare, ed è in minoranza. A tutti gli altri va bene così, ma è una situazione che sta peggiorando quella di Ischia. Ci sono meno turisti, quest'anno. La crisi morde, ma non è solo quella. La ricerca della quantità più che della qualità, gli alberghi che concordano venti, ventidue euro al giorno tutto compreso, il turismo mordi e fuggi. Ischia è passata da isola per pochi a isola per tanti, per troppi. Molti di quelli che arrivano comprano una bottiglia di pessimo limoncello, scattano quattro foto sul porto, o a Sant'Angelo, o al fungo di Lacco Ameno, spediscono due cartoline e non tornano più."

"Io veramente non posso lamentarmi della bellezza di Ischia. È bellissima. Il resto, come dappertutto, dipende dagli uomini. Con una guida come voi, mi sento meno straniero e vi ringrazio per questo."

"È un onore, commissario, è un onore."

Risalgono sulla jeep, direzione Maronti. Squilla il cellulare di Magrite. Michelle? No, ma il numero Magrite lo conosce bene. È uno dei suoi collaboratori.

"Ciao, Marcel. No, non mi disturbi. Brutta, dici? Va be', dammela lo stesso. Noooo. Ma quando? Si sanno i motivi?"

Peppe quando ha capito che la telefonata era seria ha cercato un posto per parcheggiare.

"Mi dispiace molto. No, cosa dici? Hai fatto bene. Un'altra cosa, Marcel: assicurati che ci sia una nostra corona di fiori. Intesi? Ha lasciato un biglietto? Cosa dice? Sì, grazie. Ce lo ritrovo tutto. Ciao."

"È morto l'ispettore Jolivet?" chiede Peppe con la voce incrinata.

"Sì, Peppe mi dispiace davvero, anche per voi."

"Com'è andata?"

"Si è buttato giù stamattina alle cinque dal suo appartamento al sesto piano. Morto sul colpo. Gli avevano diagnosticato un tumore al cervello, non l'aveva detto a nessuno. Con l'avanzare del male, perdeva memoria, lucidità. E ha deciso di farla finita. Povero Vedovo, la memoria era tutto, per lui. La precisione. Il rigore. Un uomo d'altri tempi, verrebbe da dire. Ma fino a stamattina ha vissuto e lavorato bene in questi tempi. Nel biglietto, lascia tutto quello che ha al fondo per le famiglie dei colleghi caduti in servizio."

"Lo sapevo che sarebbe successo qualcosa di brutto. Vi sembrerà buffo, ma io sogno Denise molto spesso e la vedo, nel sogno. Quasi sempre di fronte, e sorride. Per me è il segnale che sarà una bella giornata. Stanotte non s'è voltata, stava di spalle. Il segnale che qualcosa di brutto era accaduto o sarebbe accaduto. Commissario, io non capisco quelli che piangono, non ho pianto mai in galera, non ho pianto quando è morta Denise perché tutte le lacrime non mi sarebbero bastate a farla tornare in vita e poi perché aveva finito di soffrire, ma soffrire tanto."

"Si può anche piangere, Peppe. Non è un disonore."

"Vi giuro che avrei preferito morire io. L'ispettore Jolivet ha concesso a me e Denise un'altra opportunità e dunque un'altra vita. Ed è morto in solitudine."

"Gli piaceva la solitudine, per questo quando non sentiva lo chiamavamo il Vedovo."

"Per me è come se fosse morto un fratello, commissario."

Un ex carcerato distrutto dal dolore per il suicidio di uno sbirro, pensa Magrite. È il mondo alla rovescia, davvero. Sono arrivati in fondo alla strada, sul piazzale.

"Arrivederci, commissario."

"Arrivederci, Peppe." Gli stringe la mano e gli dà una pacca sulla spalla. Gli viene d'istinto. Poi scende verso l'albergo dove lo aspetta Michelle. Ha tante cose da dirle.

11.

Magrite ha fatto un dettagliato rapporto a Michelle sul giro dell'isola con Peppe. Alla storia della caserma della forestale nel bosco della Maddalena lei non voleva credere.

"È tutto vero, se c'è l'opportunità ci torniamo insieme." Anche lei è dispiaciuta per Jolivet. Non lo conosceva, ma è sufficiente la tristezza di Magrite. Michelle sta imparando a conoscerlo, le piace quando a cena lui racconta qualcosa dei primi tempi in servizio, e anche di prima, di quando insegnava nella banlieue e aveva finito per scegliere la divisa spinto dalla voglia di giustizia. Lei pure, in fondo, non aveva precedenti in famiglia. Padre impiegato di banca, madre casalinga, non tirchia ma molto attenta al singolo franco. Michelle da ragazzina sognava di tirare di scherma. Uno di quei sogni che durano poco, se nasci e vivi a Plurien.

Invece, è poco che sta con Magrite ma le sembra molto di più. È vero che sono successe tante cose intorno a loro, sull'isola. È anche vero che quando sono insieme riempiono bene il tempo, parlando di tutto. Anche del suicidio di Jolivet.

"Molti dicono che il suicidio è un atto di viltà, io non credo," dice Magrite.

"Di debolezza, forse. O d'impotenza. Non vedi una via d'uscita e ti fai fuori."

"Non la vedi ma la trovi: più via d'uscita di così. Senti, noi siamo abituati agli omicidi. Cerchiamo di metterci nei panni dell'omicida ma anche in quelli del morto, indaghiamo sui possibili moventi, controlliamo gli alibi, le telefonate, i conti in banca, le famiglie, gli amici, i conoscenti. Perché se uno ammazza un altro ci dev'essere un motivo. Magari non c'è o è molto banale: un drogato, un ubriaco, un matto. Ma noi, che rappresentiamo lo stato, su un omicidio siamo tenuti a fare luce."

"Certo, è il nostro lavoro, Jules. Qual è il problema?"

"Il problema è che quando torniamo in Francia dovrò farmi visitare, perché, confusamente, mi pare che tutti consideriamo i suicidi morti di serie B."

"Non direi. Poteva valere per la chiesa, quando ai suicidi negava i funerali religiosi e la sepoltura in terra consacrata."

"Michelle, per me il suicidio è morte violenta, esattamente come l'omicidio. Quando ci chiamano sulla scena di un suicidio, dobbiamo stabilire se si tratta di omicidio mascherato, e in questo caso le indagini vanno avanti, oppure è davvero suicidio, e allora stop, pratica chiusa."

"Dimentichi un particolare, commissario. Che in un caso si tratta di identificare e catturare un omicida in libertà, che è un pericolo per la società, nell'altro l'omicida di se stesso, ossia il suicida, è già prigioniero. Non della società ma della morte. Oppure, come si usa dire, è assicurato alla giustizia, anche se non quella terrena. Un suicida non è perseguibile. Uccidersi infatti non è reato, né da noi né in Italia, mentre in alcuni stati americani il suicida che fallisce, ossia ci prova ma sopravvive, è perseguibile per legge. Spingere qualcuno a suicidarsi sì che è reato punibile, e anche orribile, per quanto non facile da dimostrare."

"Cos'avrà pensato Jolivet prima di buttarsi giù dal sesto piano?"

"Non lo so, forse niente. Se pensi, puoi anche pensare di cambiare idea. Hai ragione quando dici che è morte violenta:

che uno s'impicchi, apra i rubinetti del gas, si riempia di sonniferi, si butti dal sesto piano o sotto un treno, si spari un colpo in testa è uguale, violenza è."

"E non tutti hanno la sensibilità di Romain Gary. Ricordi?"

"Certo. Aveva deciso di farla finita. È andato da Charvet, in place Vendôme, ha comprato una vestaglia di seta color rosso sangue, è tornato a casa in rue du Bac, l'ha indossata e s'è sparato in testa. Non senza aver lasciato un biglietto."

"Questo me lo ricordo, suona un po' come quello di Cesare Pavese: *Nessun rapporto con Jean Seberg. I patiti dei cuori infranti sono pregati di rivolgersi altrove*. A te piacevano i suoi libri?"

"Molto, moltissimo. Più di tutti, *La vita davanti a sé*. Solo dopo il suicidio s'è scoperto che Romain Gary ed Émile Ajar erano la stessa persona. E molti quando si è sparato avevano pensato al gesto disperato di uno scrittore fallito, invece come Émile Ajar aveva vinto il Goncourt."

"Vedi che arrivi a darmi un po' di ragione quando dico che davanti a un suicidio ci si arrende, si smette di cercare?"

"Non era uno qualunque: eroe di guerra, diplomatico, scrittore, regista. Un grande talento, il signor Roman Kacew, anche nella scelta dei due pseudonimi: in russo Gary suona come brucia e Ajar come brace. Questo l'ho letto su Wikipedia."

"Ci allontaniamo da Jolivet e ci avviciniamo a Jean Seberg. Suicidio molto sospetto. Gary accusò l'Fbi di averla distrutta, ricordi?"

"Perfettamente, ma sei tu l'investigatore. Che cosa dice il tuo famoso fiuto?"

"Prima della parola sospetto userei tre volte l'avverbio molto. Che lei fosse sul libro nero di Hoover è risaputo. Già a quattordici anni, ragazzina dell'Iowa, simpatizzava per la causa dei nativi americani, e da attrice affermata si era schierata con le Pantere nere. Uno dei loro leader, secondo un quotidiano di Los Angeles, era il padre della creatura che la Seberg aveva in grembo. Non era vero, era una montatura messa in piedi dall'Fbi, ma intanto la macchina del fango lavorava a pieno ritmo. Che la Seberg fosse incinta i servizi americani l'avevano appreso dalle intercettazioni telefoniche Per lo choc la Seberg partorì una bimba settimina, Nina, che visse solo due giorni. Una bimba con la pelle bianchissima, la misero in una piccola bara di cristallo perché tutti capissero la portata della menzogna. Ma da quel giorno la Seberg non si riprese più, si sentiva spiata ed era vero. Droga, alcol, tentativi di suicidio in coincidenza con la data della nascita di Nina, fine agosto. Con Gary era rimasta in buoni rapporti, anche se si era risposata con un produttore americano che per motivi politici era poi stato costretto a lasciare gli States. Si giocava pesante, in quegli anni. Si giocava sporco. Ero da poco in polizia, questo caso mi aveva colpito non solo per la celebrità dei protagonisti ma per la brutalità dei dettagli. Se Gary si era coperto di rosso perché il sangue si notasse meno, Jean fu ritrovata a dieci giorni dalla scomparsa, nuda e avvolta in un plaid sul sedile posteriore della sua Renault 5, parcheggiata vicino al consolato del Pakistan, nel XVI. Era l'8 settembre ed era sparita da undici giorni. Processo di decomposizione già in atto. Tasso altissimo d'alcol, 8.2 se ricordo bene, nel sangue. Nell'auto, confezioni di barbiturici e una bottiglia d'acqua minerale vuota. Niente alcol. Nessuna traccia dei vestiti. Bruciature di sigaretta sul corpo. Si disse che il suo ultimo marito, un algerino, la picchiasse. Secondo altre voci, l'aveva eliminata una banda di narcotrafficanti. Il tutto fu archiviato come suicidio. Prima tu parlavi di istigazione al suicidio: mi sembra proprio quel che ha fatto l'Fbi. E lo ammise, qualche giorno dopo i funerali. 'È vero che certe cose sono state fatte, ma garantisco che non saranno più fatte,' dichiarò William Webster, il nuovo capo dell'Fbi."

"Lasciò un biglietto anche lei, no?"

"Sì, molto stringato. Se ricordo bene c'era scritto: *Dimenticatemi, non posso vivere coi miei nervi*. In sostanza, ecco la mia risposta ultima: come suicidio era poco credibile, ma se era un omicidio mascherato da suicidio un professionista poteva fare di meglio, quanto a messinscena. Era una morte oscura, da qualunque parte la si guardasse."

"Ma anche una vita d'inferno. 'Attrice promiscua e sessualmente pervertita', così la descrisse un rapporto dell'Fbi, che la teneva d'occhio dal 1963. È difficile giudicare a quarant'anni di distanza. A me Jean Seberg piaceva e la trovavo molto attraente, anche se qualcuno la definiva l'anti-donna. Più che altro era l'anti-Bardot, l'opposto della diva, la ragazza della porta accanto. Adesso che ne parliamo, lontano da tutto, pensa a come dev'essere difficile per una diciottenne dell'Iowa essere scelta da Otto Preminger per il ruolo di Giovanna d'Arco, quindi sfidare dei mostri sacri come la Falconetti e la Bergman. Accettò. E fu stroncata dalla critica. Sul set si ustionò volto e mani nella scena del rogo, avevano calcolato male le distanze. Ma Preminger non l'abbandonò, la scelse anche per *Bonjour tristesse* ed è a questo punto che la ragazzina dell'Iowa scopre Saint-Tropez, Parigi, la Francia. E con Godard diventa l'icona della Nouvelle vague. Capelli alla maschietto, sguardo indimenticabile, anch'io avrei comprato volentieri l''Herald Tribune' da lei."

"Da come ne parli, devi avere preso una mezza cotta per lei."

"Forse più di mezza. Era bella e fragile, era un don Chisciotte donna e senza armatura. Anche Vanessa Redgrave e Jane Fonda erano nel mirino dell'Fbi, ma erano più forti. Lei già da bambina tornava a casa con cani e gatti randagi. Difendeva chi stava peggio. Ha avuto storie con Clint Eastwood, con Bouteflika in Algeria, con Carlos Fuentes. S'è sposata quattro volte. Non vuol dire nulla, sposarsi. Tanto più nel vento del '68. Sono infelice perché sono libera, diceva di sé."

"Sai cosa, Jules? Sembriamo due gabbiani, svolazziamo da Jolivet a Gary, a Jean Seberg, come se cercassimo noi stessi, in quegli anni. Perché quel che siamo adesso lo sappiamo."

"Innamorati, spero."

"Sì, stupido. Ma con un'ansia di racconto, di recupero, di scambio di emozioni, di ricordi."

"Si chiama conoscenza, principessa. Non carnale, quella è nata a Vannes, lo sappiamo. Ma totale, un pezzetto alla volta. E spontaneamente. Voglio dire, non è come dallo psicanalista."

"No, qui le domande si fanno per gioco. Il gioco della conoscenza. Tu Jean Seberg te la vedevi come moglie?"

"Che domande sono?"

"Non ti preoccupare, rispondi."

"Più come fidanzata. Come moglie, Lea Massari o Fanny Ardant. Come amante, Rita Hayworth o Claudia Cardinale. Come madre, Katharine Hepburn. E tu?"

"Come padre, Spencer Tracy, o Henry Fonda. Ma non sono pronta come te nelle risposte."

"Hai tutto il tempo."

"Allora. Come marito, Trintignant. Ma anche Jacques Perrin non è da scartare."

"Vedo che siamo sul tipo dolce, quasi bisognoso di protezione."

"Zitto, devo pensare ai miei amanti. I primi due nomi che mi vengono: Mastroianni e Belmondo. Ma se andiamo avanti potrei farti un elenco che va da Gérard Philippe a Sean Connery passando per Robert Mitchum e Gregory Peck."

"Un discreto elenco, Madame."

"E non è finito. Aggiungi pure Vincent Cassel."

"E Alain Delon, la nostra gloria nazionale?"

"No, troppo bello. Piuttosto, da qualche parte dovrei piazzare Jean Gabin."

"A me sembra un jolly, buono per tutti i ruoli."

"Hai ragione," dice lei ridendo.

"Perché ridi?"

"Perché nella vita vera, il primo che mi ha fatto la corte somigliava a Ernest Borgnine e poi ho sposato uno che somigliava a Michel Piccoli, ma era un autentico pezzo di merda. Acqua passata."

"Acqua presente, invece?"

"Rassicurante, avvolgente, chiara, impetuosa ma tenera. Piacevole. E basta così, per ora."

"Ti sei accorta che da più di un'ora sentiamo solo il rumore del mare?"

"È la magia di questo posto, dopo il tramonto. Potremmo essere su un atollo polinesiano. Invece no. A proposito, le due ragazze belghe propongono di fare un salto a Ischia Porto e cenare insieme domani sera. Dopodomani partono per un giro in Costiera – Sorrento, Amalfi, Positano –, poi tornano a casa."

"Volentieri. Fin qui di Ischia Porto, che poi sarebbe il comune principale, scusa la pignoleria, abbiamo visto solo l'imbarcadero. Anch'io devo raccontarti una cosa su Jolivet. Ha telefonato alla Centrale dicendo chi era, e che dovevano mandare una macchina sotto casa sua perché c'era un corpo steso sul marciapiede e sembrava un cadavere. Poi ha aperto la finestra e si è buttato giù, con le estreme volontà e le chiavi di casa nella tasca della giacca. La macchina è arrivata dopo tre minuti ed era già lì per terra."

"Perché l'ha fatto, secondo te?"

"Non voleva ostacolare il traffico, ha scelto l'ora di minor passaggio. E non voleva che si facesse rumore, senza chiavi, forzando la porta di casa sua. Un vero poliziotto, fino all'ultimo. E, se ha pensato a questi particolari, il cervello doveva funzionargli ancora bene."

"È un pensiero che ti turba?"

"Sì, è la solitudine delle persone di buona volontà. Ma non devi preoccuparti, ci dormiremo sopra."

Di far l'amore non è il caso. Hanno parlato troppo di morte, e la sola cosa viva, oltre al rumore del mare che li accompagna, è l'incerta certezza di un amore che cresce e non ha un traguardo, oltre Ischia.

12.

"Sai che mi è quasi passato il mal di schiena?" dice Michelle mettendo miele nel caffè (è contro lo zucchero). Da qualche giorno il caffè lo prepara e lo bevono sul terrazzo. Dopo il diluvio il tempo s'è messo sul bello stabile.

"Un motivo in più per ricordarsi di Ischia," dice Magrite che sta quasi imparando la corretta pronuncia. È ugualmente un po' buffo, perché parte con "Issss", come un serpente, facendo poi cadere velocemente "kia". Ha messo da parte i cattivi pensieri su Jolivet. Si allunga su una sdraio all'ombra, legge il libro su Fréhel, si addormenta senza volerlo. Lo sveglia Michelle, che anche da abbronzata somiglia tanto a Susan Sarandon. Cazzo, pensa Magrite, nella lista di mogli e amanti eventuali avrei dovuto metterci Susan Sarandon, coglione di uno.

Mangiano rapidamente da Ida, parlano del tempo, quanto hanno ancora di vacanza? Una settimana scarsa. Poi Michelle torna alle sue cure e Magrite alla sua sdraio e al suo libro, finché non compare Michelle con Odile e Barbara. Prendono i biglietti del bus in portineria, da Domenico, salgono sul 5 che a quell'ora è semivuoto. Chi va in spiaggia tende a starci il più a lungo possibile. Magrite immagina la fatica di quando non c'era la strada asfaltata. Intanto stanno arrivando in centro. Piazzale degli Eroi, il bar Calise, Magrite sta familiarizzando con Ischia, semmai è Michelle che esce raramente dai Maronti. Ma è logico, se sono a Ischia è perché lei deve curarsi. Quanto a lui, alla Centrale sono rimasti stupiti vedendolo partire per due settimane: non era mai capitato, in tanti anni. Appunto, in tanti anni Magrite ha accumulato una quantità di ferie non godute che potrebbe starsene via da Parigi sei mesi. Non succederà, a meno che con Michelle le cose non vadano in un certo modo. Presto per pensarci. Godersi la giornata, intanto.

Arrivano al porto. Che era una laguna costiera, con l'acqua alta due metri. Ci cacciavano le folaghe, finché uno dei Borbone, Magrite non ricorda il nome, fece fare i lavori di apertura al mare. Gliel'ha detto Peppe, il giorno prima. Magrite si sorprende a pensare che gli piacerebbe avere anche Peppe, con loro, e sentirlo raccontare storie dell'isola, come ha fatto con lui. E ancor di più si sorprende a pensare come sia facile abituarsi a non fare nulla, mentre lui prima della partenza s'immaginava di andare in crisi dopo tre giorni di ozio. S'infilano in via Roma, decidono che per cenare andranno a lume di naso, sulla cosiddetta Rive Droite (del porto, naturalmente). Guardano le vetrine, insomma fanno i turisti.

Michelle e Magrite restano un po' indietro, cercando un giornale francese, Odile e Barbara sono più avanti, si stanno baciando davanti alla vetrina di una gioielleria. E un ragazzo rasato, maglietta nera con teschio, si mette a gridare.

"Zoccole, tornatevene a casa vostra a fare lingua in bocca! Troie comuniste, lesbiche di merda!"

Odile non ci pensa due volte.

"Stronzo, fatti i cazzi tuoi."

In perfetto italiano, cosa che a quanto pare carica ancora di più il ragazzo.

"Il cazzo mio non lo sporco con te, brutta troia."

Si sfila la cintura, la fa roteare, colpisce Barbara che s'è frapposta. Una scudisciata tra schiena e fianco. Barbara cade a terra piangendo.

"T'ammazzo," urla Odile. Tutto intorno s'è bloccato il passeggio. Ma prima che Odile si muova arriva Magrite.

"Ce n'è anche per te, ricchione di merda," grida il ragazzo. Magrite con la sinistra gli blocca il braccio che ha ripreso a roteare la cinghia e in una frazione di secondo gli molla un destro in faccia. Il ragazzo rimbalza contro un muro e s'affloscia come un sacco, mugolando e tenendosi la mascella. Come se un regista avesse dato il via, la strada riprende vita. Chi corre dal ragazzo, chi da Barbara, chi a chiamare le forze dell'ordine. Arriva un vigile, trafelato.

"Cos'è successo qui?"

"Quel ragazzo ha aggredito la mia amica con una cinghia e questo signore ci ha difese."

"Perché vi ha aggredite?"

"Non lo so, chiedetelo a lui."

Un uomo in camice bianco, uscito da una farmacia, si intromette:

"Ha la mandibola fratturata, bisogna portarlo in ospedale".

"Fate largo, cos'è tutto 'sto casino. Ora chiamo l'ambulanza," dice il vigile urbano.

"Chiamatene due, allora. Anche la mia amica dev'essere curata. Fammi vedere, Barbara, cos'ha combinato quell'animale."

Michelle aiuta Barbara a scoprirsi. Sulla pelle risalta una lunga striscia rossa, più scura dove ha colpito la grossa fibbia.

Arrivano anche due carabinieri. Dicono che bisogna andare con loro in caserma. Odile consegna il suo passaporto.

"Vado in ospedale a fare da interprete alla mia amica, che non parla italiano. Non scappo di sicuro. Anzi, voglio fare denuncia. Ditemi dove devo andare e ci vengo appena hanno medicato Barbara. In ogni caso, intanto vengono loro due", e indica Magrite e Michelle, “ma vi avviso che non sanno l’italiano, avrete bisogno di un interprete.”

A Magrite verrebbe da ridere, al di là dell’indignazione. Lo vedessero quelli della sua squadra, seguire due carabinieri in divisa. Non sembrano ostili. Scocciati, piuttosto.

Arrivano in caserma.

“Prego, lei può stare qui,” dice uno a Michelle indicando una panca in quella che sembra la sala d’aspetto di una stazione ferroviaria.

“Jules, vuoi che chiami qualcuno?” chiede lei.

“Non è il caso, Michelle, proprio non è il caso.”

Un altro fa entrare Magrite in un ufficio sobrio, ben tenuto.

“Si sieda.”

“Merci.”

“Proviamo a capirci, anche a gesti. Ho chiesto un interprete ma chissà quando arriva. Magari arriva prima la sua amica, quella che parla bene l’italiano. Come si chiama lei?”

“Odile.”

“Non la donna, lei, lei qui. Cognome?”

“Magrite.”

“Come si scrive?”

“Michel André Gustave...” Lo spelling in francese si fa con i nomi propri, ma il carabiniere non lo sa. In italiano si fa con i nomi di città, ma questo non lo sa Magrite.

“Mi sta prendendo per il culo?” s’inalbera il carabiniere.

“No. Em, a, ge, er, i, te, e. Magrite.”

“Nome?”

“Jules René.”

“Ah, ne ha due. Come si scrive Jules?”

Magrite glielo spiega.

“Documenti?”

“Passaporto all’hotel.”

“Dov’è alloggiato?”

Magrite glielo dice. Gli fanno male le nocche della destra, ma non è pentito.

"Nato a?"

"Malaucène."

"E che caspita, non poteva nascere a Parigi?"

Non ho deciso io, vorrebbe rispondere Magrite, ma fa il gesto universale che significa: e che ne so? Poi prende un foglietto e scrive *Malaucène*.

"Così va meglio," dice il carabiniere. "Anni?"

58, scrive Magrite.

"Ne dimostra meno," dice il carabiniere. "Professione?"

"Dependiente estato," dice Magrite. Scripta manent, bravo, avanti così che vai bene.

"Mi racconti la sua versione dei fatti."

Magrite lo guarda con occhi interrogativi.

"Cos'è successo?"

Magrite cerca di tradurre il francese in un italo-spagnolo di dubbia resa.

"Mia amiga marchava sulla ruta, folle jovane golpea a mi amiga con esto", e indica la sua cintura, "y gritava cose che non comprende yo."

"Va bene, e poi?"

"Segunda vez jovane ententa golpear amiga y yo le tira," mima il gesto del pugno, col destro. "Uno solo."

"E meno male che di cazzotti non gliene ha dati due o tre, perché magari lo ammazzava. Ha fatto il pugile di mestiere?"

"No." Cazzo, Magrite sapeva già di che si tratta anche prima di venire a Ischia. Ma cazzotto come si collega a cazzo? Dovrà chiedere a Peppe.

"Firmi qui, può andare. Oppure può aspettare la sua amica, quella che traduce."

Magrite firma serenamente, tanto sa che si tratta di routine e che in tribunale (ma quale, quando, perché?) la sua deposizione può essere impugnata e annullata. Si alza ed esce con una gran voglia di fumare e bere qualcosa di fresco. Michelle non s'è mossa dalla panca.

"Tutto bene, Jules?"

"Tutto bene."

Mentre s'avviano verso un bar all'ombra incrociano Odile e Barbara. Barbara si muove come se avesse il busto ingessato. Odile racconta: "Abbiamo trovato una brava dottoressa, ha medicato Barbara, le ha dato un sedativo, adesso vado a comprare la pomata per stanotte, quando si risveglierà il dolore. Ma prima passo dai carabinieri. Jules, tu hai già finito con loro?".

"Sì, ho detto che sono intervenuto per difendere Barbara, che è la pura verità. Non ho potuto dire cosa urlava quel tipo, le parole precise, ma certamente erano minacciose."

"E i gesti anche di più."

"Senti, Odile, noi vi aspettiamo al bar, quello all'ombra, sulla destra."

"Va bene, non so quanto tempo ci vorrà. Se però per voi è tardi e volete già cenare, fate pure."

"No, vi aspettiamo lì."

Si rinfrescano con una spremuta di limone e non hanno molto da aspettare. Arriva a grandi passi marziali Odile. Barbara ha gli occhi rossi.

"Non ne posso più," dice Odile. "Ho tradotto Barbara finché quell'imbecille di carabiniere non ha commentato che però, insomma, il bacio per strada potevamo risparmiarcelo. Così mi sono messa a urlare e lui ha minacciato di incriminarmi per insulti alle forze dell'ordine. Ma quale ordine, prima spalate le merde che girano per Ischia, gli ho detto. Barbara si è sentita colpevolizzata e s'è messa a piangere. Povero amore, non bastava che la frustassero come un animale. Bisognava anche farle capire che s'è comportata male, frustarle la coscienza, la schiena era ancora poco."

Barbara si siede, chiede un bicchier d'acqua, lo manda giù d'un fiato.

"Mi pare di avere le febbre, ma non importa. Voglio spiegarvi com'è andata."

"Non è necessario, Barbara, l'abbiamo visto tutti com'è andata."

"No, ci tengo. Quel pazzo ha urlato che facevamo lingua in bocca. Non è vero. Un bacetto casto, a fior di labbra. Nella vetrina del gioielliere c'erano anelli di corallo e oro, tipo vera nuziale, Odile mi ha detto che le sarebbe piaciuto comprarle per festeggiare i cinque anni che abbiamo passato insieme. Mi ha commosso, istintivamente le ho dato un bacetto e poi è successo quel che sappiamo. Tutto qui, giuro."

Magrite, unico uomo al tavolino, si schiarisce la voce.

"Non devi giustificarti, Barbara. È lui che ha sbagliato, e di grosso. Mi spiace non esservi stato più vicino."

"Anche tu non devi giustificarti, nessuno poteva aspettarsi una reazione del genere. E scusami, non ti ho ancora ringraziato per l'intervento. Se non fosse stato per te, quel pazzo avrebbe continuato a picchiarci. Pazzo lui e la sua crociata di merda contro la decadenza dei costumi."

"A quanto pare, gli ho rotto la mandibola."

"Bravo, è ancora poco. Meriti un premio, e spero che stavolta nessuno si tolga la cinghia."

Si alza e gli sfiora la guancia con un bacio. Odile fa lo stesso, con Magrite e con Michelle. Poi annuncia:

"Capirete che non siamo nello spirito giusto per una cenetta spensierata. Ci salutiamo qui. Noi torniamo in albergo a fare i bagagli e saldare il conto. Partiamo domattina col primo mezzo. Non voglio più stare in una nazione dove lesbiche e gay sono aggrediti per strada e dove la polizia sta idealmente dalla parte di chi li aggredisce. Niente Costiera, basta Italia, torniamo a Bruxelles. Non c'è questo sole né questo mare, ma nessuno pretende di giudicare chi puoi o non puoi amare, e questo rende più dolce anche la pioggia. Chissà che non ci si riveda, da qualche altra parte, magari a Nantes. Ciao, bella Michelle. Ciao, Jules".

Michelle e Magrite le vedono allontanarsi, sparire.

"Non so dargli torto," dice Magrite.

"Di' piuttosto che hanno ragione," puntualizza Michelle.

"È la stessa cosa. Purtroppo in Italia non esiste una legge contro l'omofobia. In Belgio c'è. In Francia pure: chi insulta per motivi sessuali rischia un anno di carcere e quarantacinquemila euro di multa."

"Esatto, commissario. Una legge contro l'omofobia c'è anche nei paesi scandinavi e anche in Inghilterra, in Olanda, in Spagna, in Grecia, in Slovenia. Non dimenticare che in Italia il delitto d'onore è stato abrogato nel 1981."

"Complimenti per la preparazione giuridica, principessa. Manco fossi un giudice. Propongo di continuare la serata, o almeno di salvare la giornata, sulla Rive Droite."

Ci fosse stato Peppe, gliel'avrebbe sconsigliata. Ma Peppe non c'è. Mangiano maluccio, bevono peggio e il conto non è leggero. Segno che non è serata, che non era giornata.

13.

Mezzogiorno. Tra un'ora arriverà Michelle. Magrite l'aspetta vicino alla vasca delle tartarughe, in piena ombra, sorseggiando un calice di Biancolella. S'è affezionato a quel posto riparato. Troppo rumore in piscina: parlano tutti a voce alta, anche i tedeschi, i bambini si tuffano anche se è vietato, tanto nessuno gli dice nulla. Più si va a sud, più i bambini comandano, pensa Magrite, ma è il pensiero di un attimo. Figli non ne ha, nipoti nemmeno e nemmeno ne sente la mancanza. La mancanza di Michelle, quella sì che la sentirà. Nella notte si sono amati dolcemente e il profumo di lei gli è rimasto addosso. Ancora pochi giorni e lei sarà a Nantes, lui a Parigi. E dopo questa vacanza a Ischia gli sembreranno due città lontanissime. Lo sa. Lo teme.

Le riflessioni di Magrite sono interrotte dal portiere.

"Dottore, c'è il maggiore Marino che chiede di voi."

Che palle, pensa Magrite. Ma fa buon viso. "Dov'è?"

"Sotto il porticato, è quel signore con la barba."

Magrite lo inquadra subito. Pizzetto, abito intero scuro, camicia bianca, cravatta azzurra. Si presenta.

"Molto lieto di conoscervi, commissario. Onorato, anzi."

"Piacere mio. Vogliamo sederci? Gradite bere qualcosa?"

"Una spremuta d'arancia e limone, grazie. Possiamo parlare in un luogo più appartato, commissario?"

Si esprime in un buon francese, il maggiore Marino. Ha qualche anno meno di Magrite, i capelli tagliati corti, all'umberta.

"Torniamo nella mia tana, allora," dice Magrite dopo aver chiesto un altro calice di Biancolella al barista. Quando lo porta con la spremuta e porta via il calice vuoto Magrite coglie un'occhiata di disapprovazione. Hanno fatto in fretta, pensa. E decide di stare al gioco.

"Ecco il mio tesserino," dice il maggiore. Magrite guarda ed emette un leggero fischio.

"Servizi speciali. Cos'ho fatto per meritarmi tanta attenzione?"

"Niente di grave, state tranquillo. Il riposo vostro e del giudice non sarà disturbato, ve lo garantisco."

Dunque sanno anche di Michelle. Il gioco si fa più sottile. Di fronte al maggiore Marino, alla sua cravatta, ai suoi mocassini lucidi Magrite sembra un contadino. E decide di dargli un vantaggio. Se è vanesio come pare, lo coglierà al volo.

"Ecco, maggiore, visto che siete al corrente della presenza del giudice, vorrei che non fosse divulgata. Questa è una richiesta che vi faccio da uomo a uomo."

Il maggiore non vedeva l'ora.

"Richiesta accolta, caro collega, se così posso dire perché non ho certo la vostra notorietà. Ma, voi lo sapete meglio di me, lo stato si può servire anche stando nell'ombra."

"Lo so, caro maggiore, e tante volte più all'ombra si sta, meglio è."

"Sempre da uomo a uomo, commissario, i miei complimenti: il giudice è una gran bella donna."

"Non posso negarlo, ma certo non sarete venuto fin qui da Napoli per dirmi questo."

"Avete ragione. Non vengo da Napoli, sono per qualche giorno qui in vacanza. Sono da voi per il deplorevole incidente di ieri, in via Roma. Ne sono molto dispiaciuto, credetemi."

“Anch’io. Veniamo al punto, maggiore. Siamo tra colleghi e tante parole non servono.”

“Avete ragione. Si tratta del ragazzo che avete mandato all’ospedale.”

“Lo stesso che ha mandato una donna all’ospedale con una cinghiata, suppongo.”

“Certo, si parla della stessa persona. Luca Romano, ventidue anni, figlio di un avvocato di Napoli, molto influente perché si occupa pure di politica, Attilio Romano.”

“Politica a destra?”

“Sì, molto a destra.”

“Visti i comportamenti del figlio, non era difficile da indovinare.”

“Luca non è un cattivo ragazzo, certo è una testa un po’ calda. Ce l’ha con le minoranze, gli extracomunitari, gli zingari. Succede un po’ in tutta Europa, lo sapete meglio di me. Vogliamo definirli xenofobi?”

“Vada per xenofobi, ma quando sulla maglietta avranno una svastica e non un teschio li definiremo neonazisti.”

“Non siamo a quel punto, commissario. La situazione è sotto controllo.”

“Meglio per voi e per tutti. Ma ancora non ho capito cosa c’entro.”

“Ora ve lo spiego e vi prego di tener conto che io sono solo l’ambasciatore in questa vicenda. L’avvocato Romano ha l’intenzione di denunciarvi per eccesso di legittima difesa. Si dissocia dall’azione di Luca ma vederlo tornare a casa con la mascella rotta gli ha fatto una certa impressione.”

“Resti fra noi, caro collega, ma se l’avvocato Romano avesse dato idee migliori a suo figlio adesso non se lo ritroverebbe con una mascella rotta. O io o un altro, prima o poi qualcuno gli avrebbe fatto capire che non è bello andare in giro a frustare le donne. Forse da ieri ci penserà due volte, prima di rifarlo.”

Magrite non crede minimamente a quello che ha appena detto. Ma è fumo negli occhi. Si continua a giocare.

"Lo credo anch'io, caro collega. Anche se è dura, una lezioncina ogni tanto fa bene. D'altra parte, sapete come sono fatti i giovani, oggi."

No, non lo so, pensa Magrite. Però so che non sono tutti come Luca Romano.

"Vengo al punto," riprende il maggiore. "L'avvocato è disposto a rinunciare alla denuncia."

"In cambio cosa vuole?"

"Il ritiro della denuncia da parte delle due signore belghe. Luca ha fatto domanda per arruolarsi nel corpo di polizia e una denuncia in corso potrebbe compromettere la sua ammissione."

"Bene, adesso è tutto chiaro, maggiore. Allora, fermo restando che un corpo di polizia dovrebbe essere lieto di non arruolare un simile energumeno, ma questi non sono affari miei, voi mi direte, fermo restando questo punto io non sono il padrone delle due signore in questione. Però posso dirvi una cosa interessante: hanno lasciato l'isola e probabilmente sono già in volo per il Belgio. Non solo: hanno anche deciso di non rimettere mai più piede in Italia. E questo, non è per darvi consigli, può semplificare molto le cose."

"Non c'è dubbio."

"Nell'ombra, come dite voi, può finirci anche la denuncia."

"Naturale."

"E io posso tranquillamente continuare le mie vacanze?"

"È il mio sentito augurio, commissario. Vi piace Ischia?"

"Tanto, ma tanto davvero. Specie dov'è meno affollata. Per esempio, non pensavo di trovare tanti boschi. E verso sera c'è una luce orientale, magica. Sto imparando a conoscerla con una guida particolare."

Trappolone. Il maggiore ci casca.

"Peppe Iovine, lo sappiamo."

Ci casca, ma lanciando un messaggio. Lo sappiamo non è come dire io so. Magrite simula stupore.

"Complimenti", e pesca una Gauloise dal taschino. Il maggiore, tronfio come un pavone e soddisfatto, gliela accende con un accendino d'oro. Magrite pensa al suo Bic da un euro e prende nota.

"Commissario, voi vi sottovalutate e ci sottovalutate. Jules René Magrite non è un nome qualsiasi. Una volta registrato in albergo voi siete entrato, per così dire, nel nostro radar. Quanto a noi, un ospite importante lo seguiamo non per spiarlo ma per ragioni di sicurezza, voi mi capite."

"Certo, caro collega. E cosa mi dite di Peppe?"

"Del suo passato in galera vi avrà detto, immagino. Qui si è sempre comportato bene, pur essendo fondamentalmente un asociale, un anarcoide. Ma in fondo non fa male a nessuno."

"Parla bene il francese e conosce benissimo l'isola. Per me è una buona guida."

"Se credete posso indicarvi guide socialmente più presentabili."

"No, grazie, mi sto abituando al suo modo di fare. Ma state tranquillo, maggiore, non mi spingerà a imitare la banda Bonnot."

"Siete padrone del vostro tempo e di frequentare chi vi pare, commissario. Scusate se mi sono intromesso, non volevo essere inopportuno."

"Non lo siete stato, maggiore. Grazie della visita."

"Per me è stato un piacere."

"Anche per me," dice Magrite, che in realtà avrebbe voglia di vomitare. Ma le tartarughe non gli hanno fatto nulla di male e Michelle sta arrivando dalla piscina.

"Chi era quel bel tipo?"

"Un maggiore dei servizi speciali. Una merda, più brevemente."

Le racconta il succo dell'incontro.

"Vuoi che ce ne andiamo?" chiede Michelle.

"E perché? È la più bella vacanza della mia vita, perché ci sei tu, e quindi la mia scrivania può aspettare."

"Non ti scoccia sapere che siamo sorvegliati?"

"Guarda quanto mi preoccupa", e la bacia sul naso. "Diamogli di che invidiarci, principessa. Questa sera sei invitata al Manzi, che già esisteva ai tempi di Garibaldi, ci andò per curare la gamba ferita sull'Aspromonte. Esisteva quando Ibsen scrisse *Peer Gynt*, e gli isolani lo chiamavano il Fantasma perché girovagava senza mai parlare con nessuno. Il cuoco si chiama Nino Di Costanzo e m'hanno detto che non solo è bravissimo, ma anche umile. Il ristorante si chiama Mosaico, ha due stelle Michelin, ho controllato. Quindi, mettiti elegante."

"E tu?"

"Pantaloni neri e polo blu scuro, più di così non posso."

Il Manzi ha un'architettura teatrale, alquanto massiccia, che a Magrite non piace. Ma il ristorante, parbleu, incanta lui e Michelle. Dal servizio dei pani a quello dei dolci, vien voglia di battere le mani come da bambini, alla prima neve. Hanno un tavolo in cucina, possono osservare i movimenti sincronizzati della brigata e seguire ogni fase, dalla cottura a quando s'impiatta. Gli scampi di Michelle sono i migliori che abbia mai assaggiato. Il brasato di bue di Magrite è così morbido che non vengono nemmeno portati i coltelli. Ma il piatto che più li affascina è una versione di pasta e patate che, dice Michelle, sembra un quadro di Miró, con squilli gialli, arancio, viola e venticinque varietà di pasta (un esponente per ogni tipologia). "È quasi un peccato distruggere questa costruzione," dice Magrite, ma poi pecca volentieri. E non può impedirsi di pensare, al momento del conto, che in un qualunque ristorante francese di questo livello avrebbero speso più del doppio. Già, il conto. Se lo mette in tasca perché Michelle, prima della partenza, è stata inflessibile: si divide tutto a metà. A Magrite, piccola consolazione, il ruolo di pagatore temporaneo. Arrivati a Parigi, Michelle sborserà il suo cinquanta per cento. Magrite ha provato a insistere. Niente da fare.

Dal Manzi escono felici, questo conta.

"Prendiamo un taxi," dice Magrite, "siamo ricchissimi."

"Di che?"

"D'amore."

14.

Peppe è seduto sul muretto del Belmare, guarda quattro pensionati che giocano a carte. Si alza quando vede Magrite e Michelle.

"Buongiorno. Vi duole la mano, commissario?"

"Un po', neanche tanto," dice Magrite lisciandosi le nocche.

"Allora rinvio una proposta che m'era venuta in mente giusto per passare il tempo."

"Cioè?"

"Una sfida a pétanque."

Magrite sorride. Tutto avrebbe immaginato ma non questo. Gli torna in mente suo padre, a Malaucène, dietro la chiesa, assorto nel gioco. E le battute dei giocatori e degli spettatori, e la somma umiliazione di dover baciare Fanny, condanna per chi perde 0-13. Fanny non è una donna vera ma una statuetta, un disegno sui segnapunti nei bocciodromi. Formosa, girata di schiena e col culo nudo. Quello deve baciare chi perde a zero. Oggi baciare Fanny significa semplicemente pagare da bere.

"Se siete abile con le bocce come con i coltelli, rischio di baciare Fanny."

"Se siete abile con le bocce come con i pugni, commissario, non credo proprio."

Sono arrivati nel giardino dell'albergo. Michelle si avvia alle terme, Magrite e Peppe si sistemano all'ombra, vicino alla vasca delle tartarughe, e Peppe si siede esattamente dov'era seduto il giorno prima il maggiore Marino. Magrite chiede una bottiglia di Biancolella.

"Peppe, conoscete il maggiore Marino?"

"Non personalmente, ma ne ho sentito parlare."

"In che termini?"

"Ommemmerda." Magrite non chiede la traduzione. "Il suo ufficio lo chiamano il Triangolo delle Bermuda. Tutto scompare, specie se può dare fastidio ai potenti."

"Il padre del ragazzo che ho picchiato è un potente?"

"Abbastanza, ha agganci in alto e soprattutto non pesta i piedi alla camorra. Atteggiamento fondamentale, da queste parti."

"Com'è possibile che un figlio come il suo voglia entrare in polizia?"

"Se non vi offendete ve lo dico."

"Me lo immagino, ma sentiamo."

"Un figlio come il suo vuole entrare in polizia perché è molto più difficile essere incriminati, con una divisa addosso. So cos'è successo ieri in via Roma. Se non se la pigliava con l'amica vostra, se la pigliava con un africano, o con qualcuno che riteneva avversario politico. Al mattino è pericoloso solo per come corre in moto. Poi, a forza di sniffare diventa aggressivo."

"Però, Peppe, mica tutti saranno come 'sto coglione e come il maggiore."

"No, no. E chi l'ha detto? Io vi ho dato una risposta. Sono convinto che la maggioranza sia onesta. È la minoranza che mi preoccupa, sempre che minoranza sia. Vedete, posso testimoniare che esistono poliziotti onesti e umani. Penso che voi siate così, penso che l'ispettore Jolivet fosse così. Ma ho imparato da parecchio tempo che è sbagliato ragionare per gruppi: i preti, i politici, i poliziotti, i giornalisti, i baristi, i dentisti, i giovani, le donne, gli anziani. È banale, ma c'è del bene e del male dappertutto. Ho conosciuto Jolivet, ma anche sbirri sadici, violenti, mascalzoni, dei veri bastardi. Che uno come il giovane Romano lo accoglierebbero a braccia aperte. Avrete sentito parlare del G8 a Genova, nel 2001."

"Come no, la macelleria messicana, come disse un vostro funzionario di polizia."

"Esatto. Alla scuola Diaz e alla caserma di Bolzaneto non si rispettarono i diritti civili, ci furono casi di vera e propria tortura."

"Lo so, ma ci fu pure un processo."

"Che condannò qualche pesce piccolo. Ma i responsabili, i pezzi grossi, anche quelli che avevano preso i ragazzi a calci in faccia, negli anni successivi sono stati promossi. Tutti. Poi c'è stata un'altra sentenza più decente, e qualcuno è stato condannato."

"C'era un governo di centrodestra, giusto?"

"Sì, ma il governo era di centrosinistra quando a Napoli fecero le prove generali, pestando anche ragazzini con le mani alzate. Lo so perché c'ero."

"Eravate in corteo coi ragazzini?"

"No, ero vicino a piazza Plebiscito, ai lati del corteo. Pensavo che sarebbe andata a finire così."

"E perché non dentro il corteo?"

"Sono troppo vecchio, o non più giovane. E poi non mi riconosco in nessuna bandiera."

"Dicono che siate un simpatizzante anarchico."

"'A gente è comme 'o culo, commissario."

"Cioè?"

"Parlano sempre pe' derete, da dietro. Però in tutta franchezza vi posso dire una cosa: nella vita ho conosciuto tante persone, e nessun anarchico mi ha mai deluso. Tutti grandi lavoratori, con una parola sola, rigorosi, leali, con un profondo senso della giustizia e della solidarietà. Io mi considero un uomo libero, mi consideravo libero anche quand'ero in galera, prigioniero solo il corpo. Non sono anarchico, credo che in tutta l'isola non ce ne sia uno. Ma ce ne sono stati. Bakunin nel 1866, ospite di una nobile russa a Villa Arbusto, la stessa che poi avrebbe acquistato l'editore Rizzoli."

"E che ci faceva Bakunin a Ischia? Il fantasma, come Ibsen?"

"No, era molto attivo. Una sorta di cerimoniere. Organizzava serate letterarie, musicali, ma anche pranzi e cene."

"Ah."

"E Lenin fece il portiere d'albergo ad Ancona, dicono. Bisogna pur campare. Ma Bakunin a Ischia fece anche lavoro politico, con Cafiero e Malatesta. Secondo lui, Napoli era la città d'Italia da cui poteva partire la scintilla della rivoluzione. Un altro anarchico è Gino Lucetti, carrarese esule in Francia, che fallì un attentato a Mussolini. Condannato a trent'anni nel 1927, prigioniero a Napoli, fu liberato dagli americani nel '43. Temendo i bombardamenti, venne a Ischia e si rifugiò su un motoveliero. Che però fu bombardato e affondò con Lucetti."

"Gli anarchici li avete conosciuti in prigione?"

"No, dopo, quando avevo la Bella Capri. C'era una tipografia scalcinata, lì vicino, dove stampavano il loro giornale. Venivano a mangiare finito il lavoro e, se non c'erano altri clienti da servire, mi mettevo a tavola con loro e parlavamo di tante cose. Solo raramente mi trovavo in disaccordo. Mentre ho trovato baciapile immondi, comunisti schifosi, e poi in Italia la politica è riuscita a nausearmi. Non voto più da anni. Mi guardo intorno e vedo che anche quelli che votano lo fanno senza una profonda convinzione, votano per il meno peggio, per quello più simpatico in tv. Oppure, qui e nel resto d'Italia, votano quelli per cui devono votare, se vogliono continuare a godere di certi privilegi."

"Capisco, ma il pericolo è il qualunquismo."

"O l'antipolitica, oggi è una parola di moda. La vera antipolitica, scusate, è questa politica fatta col culo. Che bada solo a difendere il suo potere, i suoi soldi. Che se ne fotte dei cittadini. Una volta, non si rubava. Poi sì, ma con discrezione, quasi con pudore. Non si dava nell'occhio. Poi s'è rotto l'argine e il malgoverno ha invaso tutto. Ce l'abbiamo in casa. Scusate se rompo gli argini pure io, ma qui non discuto spesso di queste cose. Vi giuro, è già tanto se esiste ancora l'Italia, se non è stata svenduta in blocco, ma un po' alla volta sì. E se esiste è perché esistono italiani per cui la parola Costituzione ha ancora un significato. Sono loro che tirano la carretta, non quei buffoni e arraffoni che per somma ironia dovremmo chiamare onorevoli. Ma quale onore? Onore 'sto cazzo."

"Chiaro che in tempo di crisi si è più sensibili a tutto, Peppe."

"Ma chi ci ha messo in crisi, io? Chi ha gonfiato la spesa pubblica, io? Io ho smesso di guardare la tv, commissario. Ogni telegiornale si apriva regolarmente con lo spread, il bund, la Borsa di Tokyo e quella di New York, la Borsa di Francoforte e quella di Milano. Ma che me ne fotte a me, a noi che facciamo una vita normale, che non giochiamo in Borsa? Se già facciamo il nostro dovere di cittadini onesti, a che serve questa cascata di notizie, di allarmi veri o falsi?"

"A renderci consapevoli della gravità della crisi, che non è solo in Italia, lo sapete bene."

"Di consapevolezza ne abbiamo da vendere. La prima: chi è ricco diventa più ricco, chi è povero diventa più povero."

"Ma adesso avete un governo di tecnici."

"Commissario, mo' m'arrabbio. Se questi sono chiamati tecnici, significa che quegli altri, prima, tecnici non erano? E che cazzo erano? Dilettanti allo sbaraglio? Mi direte: almeno questi sono quasi tutti presentabili, e di quegli altri nessuno o quasi. Fin qui, ci sto. Ma vi chiedo di pensare a cosa ci è capitato negli ultimi anni. Un industriale ma anche unto dal Signore ma anche scopatore folle, baciatore di Gheddafi salvo poi mandargli i cacciabombardieri, ma garantendo che erano senz'armi, uno che le donne non le ha mai pagate e grazie al cazzo, c'ha uno che sgancia gli assegni al posto suo, un gaffeur di dimensioni mondiali, uno che tramite uno dei suoi tanti avvocati è riuscito a convincere la maggioranza dei parlamentari che era legittimo pensare che una sua giovane fiamma egiziana fosse la nipote di Mubarak, uno che vede comunisti dappertutto ma è amicone di Putin che dirigeva il Kgb, uno che ha incaricato la Protezione civile di occuparsi anche delle Grandi Opere, ossia regate veliche e campionati mondiali di nuoto. Infatti dove c'è stato un terremoto la Protezione civile non è che abbia fatto molto. All'Aquila si è tanto parlato di new town, perché più pensano stronzate, più conviene dirle in inglese. Qualche prefabbricato e grandi centri commerciali, dove si suppone che la popolazione socializzi davanti a un Nokia o a un paio di Adidas."

"A me non è simpatico, ma non potete scaricare tutto su Burlesquoni, o Berlusconi."

"Lui e quelli che s'è tirato appresso. Una vergogna nazionale. Una sciagura. E poi parlano di antipolitica. Non so quanto abbiate seguito le vicende della Lega, commissario."

"Saltuariamente, mi pareva un lepenismo da cortile."

"La legge Bossi-Fini e il rifiuto dell'immigrato li hanno prodotti loro. Però c'è un punto, uno solo, su cui concordo con Berlusconi. Lui l'ha detta come boutade ma io lo penso davvero: l'isola di Lampedusa meriterebbe il Nobel per la pace, perché da anni ci arrivano le carrette del mare, i barconi dei migranti. Dovrebbe vivere di turismo, piccola e bella com'è, invece è un centro d'accoglienza. Dove ci sono i volontari, la Croce rossa, ma anche tanta brava gente che porta acqua, cibo, vestiti. E gli uomini di mare se c'è un SOS escono per salvare la carretta, anche se rischiano un'incriminazione per favoreggiamento, e non per affondarla, come piacerebbe ai leghisti. Ecco, questa è l'Italia di cui sono fiero, non quella dei comandanti che abbandonano la nave che sta affondando. Lepenismo da cortile, avete detto. La xenofobia è la stessa, in più gli esponenti più in vista della Lega hanno fatto di tutto per sputtanare la politica di Roma ladrona. Che sarà ladrona, ma non devono dirlo loro che hanno tanto sfottuto il Sud e poi una volta al potere hanno piazzato i figli nei consigli regionali a quindicimila euro mensili, gli hanno comprato fantomatiche lauree in Albania e coi soldi del partito pagavano pure le multe. Sa qual è la più divertente di tutte? Che questi signori hanno deciso di fare affari con una banca di bingo-bongo, come direbbero loro. E i bingo-bongo, cioè la Tanzania, gli ha rispedito al mittente qualche milione di euro perché qualcosa gli puzzava. Forse non avevano tutti i torti, se è partita un'inchiesta su quei milioni, che potevano essere un riciclaggio della 'ndrangheta. Lo sapevate?"

"No," dice Magrite, "perché sui giornali francesi non esce tutto quello che esce sui vostri. Ma vedo che siete molto informato."

"Sapete, a volte prendo la notte per il giorno. Leggo fino alle sei, mi addormento all'alba. Le notti e i giorni avevano un senso quando c'era Denise, adesso una giornata per me vuol dire solo ventiquattr'ore da riempire. Vado spesso sul web. Le notizie le trovo anche lì, senza la scocciatura della pubblicità e i toni fasulli dei commentatori. Parlavamo dell'Italia, porta della libertà e del lavoro. Molti non ci arrivano, le carrette affondano, s'è perso il conto dei morti. Altri muoiono a piccoli gruppi, come gli afghani asfissiati nel portabagagli d'un pullman con targa ungherese, due autisti greci, imbarcato sul traghetto a Patrasso destinazione Ancona. Quanto gli è costato arrivare a morire come topi? Quanto ci metteremo a dimenticarli?"

"Parliamo ancora dell'Italia, mi interessano le vostre valutazioni."

"Volentieri, ma non sono idee, sono fatti. Abbiamo avuto ministri che hanno giurato sulla Costituzione, la stessa gente che invocava la secessione, che urlava che col tricolore ci si puliva il culo, che sceglieva il matrimonio con rito celtico."

"Come sarebbe?"

"Non lo so. Un'altra pagliacciata, credo. Abbiamo avuto ministri che si ritrovavano proprietari di un appartamento con vista sul Colosseo, ma ignorando chi l'avesse comprato, abbiamo avuto partiti dalle cui casse sono spariti venti milioni ma nessuno se n'è accorto per un bel po' di tempo, abbiamo fatto un referendum che a larghissima maggioranza ha bocciato il finanziamento pubblico ai partiti e allora i partiti, col gioco delle tre carte, hanno deciso che il finanziamento si sarebbe chiamato rimborso elettorale e hanno aggirato l'ostacolo. Può bastare?"

"Non è un quadro consolante. Questo Grillo può smuovere qualcosa? Si può paragonare a Coluche, che se non sbaglio aveva un padre romano?"

"Non romano, di Casalvieri, in Ciociaria. A me sembrano diversi, perché Grillo non si candida a nulla ma ha fondato un movimento, Cinquestelle, da cui escono politici alternativi, chiamiamoli così. Mentre Coluche aveva annunciato che si sarebbe candidato per le presidenziali."

"Vero, ma senza mai raccogliere le cinquecento firme necessarie a sostenere la candidatura. Ricordo che ci furono appoggi famosi: il sociologo Alain Touraine, il filosofo Gilles Deleuze. Pierre Bourdieu si spinse a dire che l'appello di Coluche conteneva le parole più importanti per la Francia dopo la dichiarazione dei diritti del 1789."

"Giscard d'Estaing chiudeva malamente con la storia dei diamanti di Bokassa e Marchais seppe da un sondaggio che gli operai gli preferivano Coluche. Per Coluche era uno scherzo, uno sberleffo, ma insieme agli appoggi cominciarono ad arrivargli minacce di morte. Il suo braccio destro fu ucciso a colpi di pistola, si parlò di delitto passionale ma Coluche decise che il gioco era durato abbastanza e si tirò da parte, comunicando che avrebbe votato Mitterrand. Stiamo parlando di trentun anni fa. *Tutti insieme per andargli in culo con Coluche* era lo slogan. Che può ricordare i numerosi 'vaffanculo' di Grillo ai politici di professione, ma credo che il parallelo si fermi qui."

"E anche Coluche a Parigi ha una piazza dedicata, nel XIII."

"Sì, ma la cosa più importante è che siano ancora in attività i Resto du cœur, quelli che danno da mangiare ai poveri gratis o a un prezzo simbolico, cinquanta centesimi. L'idea fu di Coluche, nel 1985 mi pare. I poveri c'erano anche allora. Forse allora c'era più sensibilità. Su una cosa Grillo secondo me ha ragione, quando dice che bisogna ringraziare i cosiddetti grillini. Perché i discorsi populisti in Europa hanno portato al rinsaldarsi di partiti o gruppi di estrema destra, in Italia no."

"In effetti, l'ultimo esempio è Alba d'oro in Grecia. Ma Jobbik in Ungheria, il Vlaams belang in Belgio, la Falange spagnola, e ancora la Russia, la Romania, la Svizzera, l'Olanda, l'Inghilterra, i mille siti della Germania, il nostro Front National documentano la crescita della destra più aggressiva. Una democrazia deve possedere gli antidoti a questa avanzata."

"Ecco, commissario: questo è il punto. Basta che in un paese si voti per definirlo democratico? O serve di più?"

"La risposta non è facile. E la bottiglia è finita, a quanto pare."

L'arrivo di Michelle lo dispensa dal chiedere una seconda bottiglia.

"Venite a mangiare qualcosa con noi, Peppe? Siamo in debito, lo sapete," dice Michelle.

"Grazie, vengo volentieri," dice Peppe, con un piccolo inchino.

15.

Una bruschetta, una mezza porzione di spaghetti alle vongole. Le mezze porzioni di Pina altrove sono porzioni intere. In fondo a destra il televisore dà, tanto per cambiare, notizie sullo spread. Peppe ha un gesto d'insofferenza.

"Che vi dicevo? Non ci fanno campare, ci levano il respiro."

"Bisogna abituarsi," dice Michelle, "come alle previsioni del tempo, o al bollettino del traffico."

"Giudice, almeno quelli servono a qualcosa. Se so che c'è un incidente sull'autostrada, chessò, a Caianello, rinvio la partenza. Ma qua, che lo spread sia a 412 o a 389, a me, a noi, a quegli altri in spiaggia, che gliene fotte? Possono intervenire in qualche modo? Non credo. Commissario, voi avete studiato più di me che mi sono fermato alla terza media. Voi la faccenda delle agenzie di rating l'avete capita bene? Chi le controlla?"

"Domanda da un milione di dollari. Voi parlate di Standard&Poor's, di Fitch, di Moody's. Credo non le possa controllare neanche Obama."

"Ah, ma allora è come nei film di James Bond, quando c'era la Spectre. O come quando si giocava a Monopoli. Solo che non è un gioco, e questi signori, un bel misto tra grandi speculatori e banchieri o banchieri-speculatori, possono mettere in ginocchio una nazione intera. Un'altra definizione che mi sta veramente sui coglioni, scusi giudice, è 'i mercati'. Ma chi sono i mercati, che faccia hanno? Pure a casa vostra, in Francia, prima dell'elezione di Hollande si diceva che i mercati non l'avrebbero gradita. Un po' come dire: sì, votate pure chi vi pare, ma poi non lamentatevi se vi si dà un giro di vite. Non contrariate i mercati, il nuovo dio."

"Be', finora in Francia il giro di vite non c'è stato, Hollande è al suo posto, i francesi sono tranquilli."

"E fanno male. Io non sarei così tranquillo sentendo certi discorsi. Tipo: adesso tocca alla Grecia, ma attenzione, poi potrebbe toccare all'Italia. O forse alla Spagna, al Portogallo. Siamo tutti sotto schiaffo."

"Siamo come l'agnello di La Fontaine," sorride Michelle. "Si ce n'est toi c'est donc ton frère."

"Oppure, partendo dall'inizio," dice Magrite, "la raison du plus fort est toujours la meilleure."

"Sempre lì stiamo, ma in tutto questo dov'è la giustizia e dov'è la libertà?"

"Forse non dovrei dirlo io," è Michelle, "forse libertà e giustizia sono valori in ribasso di fronte alla crisi. Che qui da voi picchia forte. Come la vivete?"

"Che vi devo dire? C'è chi con la crisi ci guadagna e spera duri a lungo, c'è chi non arriva al 20 del mese, c'è chi non la vive perché s'è ammazzato. A decine si sono ammazzati. Gente che aveva perso il posto di lavoro. Gente che dava lavoro ma non aveva di che pagare i dipendenti, e magari aspettava da mesi e anni pagamenti dallo stato, dalle regioni, dalle province. E che fai se è lo stato che non paga? Lo denunci ai carabinieri? Ma, dico io, se solo uno di quelli che s'è dato fuoco, che s'è asfissiato, che s'è buttato di sotto, se solo uno avesse imbracciato un fucile? Tutti questi morti meritano il mio rispetto, ma uno stato che consente questa e altre situazioni no, non posso rispettarlo, affanculo."

"Ho visto ieri in tv monsieur Monti parlare di rilancio, di crescita, e aveva un'aria rassicurante."

"È la cosa che gli riesce meglio, avere l'aria rassicurante. Via il buffone, arriva la persona seria, questo l'hanno pensato in molti. Poi bisogna vedere i fatti. Allora, io non ho studiato economia, non sono nato nelle banche come molti di questi tecnici, ma due conti li so fare. In Italia abbiamo i salari più bassi dell'Europa occidentale e la pressione fiscale più forte. Che cazzo vuoi rilanciare se non alzi da una parte o abbassi dall'altra? La disoccupazione dei giovani è ai massimi storici, Ischia e l'Italia sono piene di laureati che fanno i baristi o lavorano nei call center per quattro soldi, quando gli va bene. Vedo rosso quando sento inventare certe parole."

"Per esempio?" chiede Magrite.

"Esuberanti. Una volta si diceva delle persone troppo espansive, che tendevano ad andare oltre le righe. Oggi esuberanti sono i lavoratori da licenziare. Esodati è la più recente. Viene in mente il Mar Rosso, gli ebrei, Charlton Heston. Invece si tratta di persone che legalmente hanno scelto di andare in pensione, poi gli hanno cambiato la legge innalzando l'età della pensione e così si ritrovano senza lavoro e senza pensione. Io sono diffidente: se ti imbrogliano con le parole, perché non dovrebbero provarci con i fatti?"

"Perché sui fatti sono giudicati dagli elettori, dall'opinione pubblica, dagli altri paesi," dice Magrite, che ha l'aria di non crederci molto.

"Commissario, in Italia gli elettori si stanno squagliando come la neve al sole. Sono stanchi, sono delusi. Sempre le stesse facce anche a sinistra, si fa per dire. Quello coi baffetti che non ne azzecca mai una e continua a parlare di strategie vincenti. Quello pelato che sembra un rappresentante di elettrodomestici. La faccia nuova, quello di Firenze, sembra un venditore di PlayStation. Le tv hanno rincoglionito un po' tutti, oltre a dare un'informazione parziale. Tette e culi dappertutto. Non sta tutto lì il male, ma è una goccia che cade da vent'anni, e come scava la pietra ha scavato le teste."

"Peppe, voi siete pessimista," dice Magrite.

"No, sono realista. In tv ho visto un ragazzo del Camerun, che studia Legge a Torino. Per fare qualche soldo aveva deciso di andare in Puglia, sapete dov'è, per la raccolta dei pomodori. S'è reso conto che i lavoratori, africani ma anche slavi, erano trattati come gli schiavi, che non esistevano diritti. Ha cercato di fondare qualcosa che somigliasse a un sindacato. I carabinieri, per il suo bene, l'hanno accompagnato alla stazione e l'hanno messo sul primo treno per Torino. Jerry Masslo, sudafricano, è stato il primo della lista, ucciso a Villa Literno dal clan dei Casalesi. In un'intervista era stato profetico: 'Prima o poi qualcuno di noi sarà ammazzato e allora ci si accorgerà che esistiamo'. E infatti il nostro governo, che prima concedeva lo status di rifugiato politico solo a chi veniva dall'Est, lo ha esteso agli africani. Altri tre ammazzati a Mondragone, sei a Villa Literno, ancora il clan dei Casalesi. Chi alza la testa viene eliminato. Sei un africano? Sei un prete italiano? Sei un giornalista? È uguale."

"Mi ricordo quei casi," dice Magrite, "perché anche da noi c'è una sezione incaricata di monitorare i delitti per odio razziale, ma anche quelli nati dall'antisemitismo. Li abbiamo anche in Francia, e sono in aumento, purtroppo."

"Perché c'è chi soffia sul fuoco, e la crisi aumenta il livore. Gli stranieri che ci rubano il lavoro. Sì, quelli che fanno un lavoro che gli italiani non sono disposti a fare. Il lavoro lo ruba chi ha una fabbrica in Italia, la chiude, la delocalizza, altra parola che mi fa incazzare. Per guadagnare di più va dove trova manodopera più povera, da pagare meno. In Albania, Romania, Ucraina, Moldavia, Cina. Oppure gli basta appaltare in Italia. Una borsa griffata che trovate a mille euro nei negozi a Milano, a Roma, a Torino, lo stilista la paga dieci euro ai cinesi che la producono in Veneto. Una volta chi produceva spendendo dieci metteva sul mercato a cento, o duecento. Non a ottocento o a mille come fanno da un po'. Sui giornali troverete ricostruita la filiera di una scatola di tonno o di un uovo, ma quella di una borsetta o di una mutanda mai. Perché l'impunità si paga con le pagine pubblicitarie."

"Parafrasando quel film, è il capitalismo, baby," dice Michelle.

"C'era un capitalismo ragionevole, questo è impazzito, irresponsabile. Allora sì, Madame, vengo a darvi ragione con la storia del lupo e dell'agnello, della ragione del più forte. Se l'agnello non si scuote, rischia l'estinzione. Io tengo un'idea, anche grossolana, di quel che sta succedendo."

Un fragore riempie il locale, da sinistra sta arrivando uno yacht tutto bianco, a velocità doppia, diretto verso la punta di Sant'Angelo.

"Dalla maniera, è Rocco 'o Purp. La gente deve capire chi comanda."

"Che tipo è?"

"Bel guaglione, capelli ricci, sempre abbronzato. È della generazione dei colletti bianchi, probabilmente il nome Rocco non gli piace e dalle sue zoccole si fa chiamare Rocky. Non beve birra a garganella, ma Cristal Roederer o Dom Pérignon. Vediamo se c'è lui al timone."

Peppe prende il binocolo appeso al muro, lo punta.

"Non è Rocco."

"Fate vedere," dice Magrite.

Guarda ed emette un fischio di sorpresa.

"Chi è?" chiede Michelle.

"Un mio vecchio amico. Il maggiore Marino."

Peppe non dice nulla, sorseggia il caffè e sorride. E pensa: tombola.

16.

Arrivano i limoncelli, non per Peppe. Giovanni porta via il posacenere colmo a metà. Magrite ha metà testa che pensa al maggiore Marino e l'altra metà su quel che si dice al tavolino. Si sono spostati fuori, dove c'è un filo di brezza.

Magrite si scuote. Michelle ha appena chiesto a Peppe qual è la sua idea grossolana.

"In breve, Madame, credo che siano già in corso due guerre mondiali. Una contro i poveri e l'altra contro l'Europa."

"La prima, d'accordo. E la seconda?"

"Si ritorna all'agnello. Un'Europa debole, in cui ogni stato invoca l'uomo forte, fa comodo sia agli speculatori americani, sia a quelli asiatici, cinesi in testa. Un'Europa costantemente sotto schiaffo fa comodo a chi trova eccessiva la sua democrazia e da rifiutare quello che la tv chiama welfare state e che io traduco in dare una mano a chi ha bisogno. Non va bene, ragazzi. Non avete i conti in regola. Tagliate, tagliate. E i tagli sono regolarmente sul sociale. Sarà un caso? Io dico di no. Io dico che ci stiamo avviando a una guerra tra poveri, tanto meglio per la criminalità organizzata che ha più spazio per reclutare. Io temo che tra qualche anno se qualcuno cade per strada prima gli chiedono di esibire la carta di credito e poi, semmai, lo curano. Altrimenti lo lasciano lì. Siete poveri? Cazzi vostri, avite a muri'."

“Non può andare così, è una visione apocalittica,” dice Magrite. “Capisco che nei momenti di crisi nera è difficile essere ottimisti, ma una congiura mondiale contro l’Europa mi sembra impossibile.”

“Il continente che ha colonizzato tutti gli altri a sua volta colonizzato. Perché no?”

“Perché l’Europa può reagire.”

“O prendere ordini da Angela Merkel.”

Peppe sorprende Magrite, che aveva considerato questa eventualità ma senza renderla esplicita. E ora Peppe continua, seguendo un filo tutto suo:

“Sapete che è innamorata di Ischia? Sei anni fa fu fotografata col culo di fuori, mentre si cambiava il costume ai bordi della piscina. Gli ischitani temevano che se la legasse al dito, invece ritornò. È tornata col marito anche quest’anno, a Pasqua. E devo dire chapeau: niente sirene, niente elicotteri, è salita sull’aliscafo a Napoli come una persona qualsiasi. Non come un mediocre politico italiano, insomma”.

“È un vostro chiodo fisso, Peppe.”

“Fate presto a dire, voi vivete in Francia. Ci ho vissuto anch’io, in Francia c’è più senso dello stato. Qui da anni è uno stillicidio di scandali, porcherie, ladrate. Non fa eccezione nemmeno il Vaticano.”

“Ho letto, e non credo che il colpevole sia il maggiordomo.”

“Ho letto anch’io. Su ‘E’, il mensile di Emergency. Conoscete?”

“L’organizzazione sì, il giornale no.”

“Un bel giornale, con tante cose da leggere, e anche belle foto. Per me era un appuntamento fisso.”

“Era?”

“Hanno sospeso la pubblicazione, da pochissimo. Be’, sull’ultimo numero c’era l’intervista a un prete di Genova che spiegava la situazione. In Vaticano c’è una guerra tra due fazioni per il controllo dei miliardi dello Ior, la loro banca.

I falchi vogliono una chiesa guerriera, come ai tempi delle Crociate, e per questo motivo stanno salendo la scala gerarchica molti lefebvriani."

"Oh, Gesù," dice Magrite, mentre squilla il cellulare di Peppe. Che si fa subito serio, stringe gli occhi, fa domande brevi, in dialetto. Poi scatta in piedi.

"Devo andare."

"Cos'è successo?"

"È sparita una ragazzina. La stanno cercando sulla montagna."

"Vengo anch'io," dice Magrite d'istinto.

"Non avete le scarpe adatte," gli fa notare Peppe.

"Starò più attento a dove metto i piedi."

Michelle li guarda allontanarsi. Nessun cane ha abbaiato, il mare è blu, il cielo azzurro macchiato dai gabbiani. Ma lei ha un brutto presentimento.

Mentre risalgono verso la jeep, Magrite nota che Peppe indossa sempre gli stessi scarponcini, non certo da mare. Salgono e Peppe dice:

"La ragazzina che è sparita ha dodici anni, forse tredici. Si chiama Anna, è l'ultima di quattro. Giacomo, suo padre, sta sulle grandi navi da crociera. Assunta, la madre, ha un negozietto a Barano".

"Non possono localizzarla tramite cellulare?"

"No, l'ha lasciato a casa. L'ha trovato la madre in un cassetto, nella sua stanza. Ed è molto strano, a quell'età non si separano mai dal telefonino. In spiaggia non l'hanno vista. Le sue amiche non sanno niente. Comportamento normale. Solo una ragazzina ha detto che ultimamente le era parsa preoccupata, ma quando le aveva chiesto perché Anna aveva detto che era solo un po' di mal di testa."

"Noi dove stiamo andando, Peppe?"

"Verso il Cretaio."

Man mano che salgono, si sentono in lontananza, poi più vicine, le voci. "An-naaa, An-naaa." Ma Peppe non va in direzione delle voci.

"Gerolamo, il nonno di Anna, era mio amico. Dipingeva quadri naïf che poi vendeva ai turisti. Anche lui, prima, era stato per mare. Era un bel vecchio, con la barba bianca. M'è venuto in mente che qualche volta l'ho accompagnato, lui con Anna piccola per mano, in un posto che avevano chiamato l'isola del tesoro. Uno slargo nel bosco, chiuso dai cespugli, con un masso scavato che pareva una grotticella. Gerolamo s'inventava storie di pirati, balene, coccodrilli, Anna stava attentissima e poi gli diceva: fammi il coccodrillo, nonno. Fammi la balena. Poi andavamo a casa di Gerolamo a giocare a scopa. È morto cinque anni fa. Anna è cresciuta studiosa, sogna di fare la pittrice. Ecco, scendiamo e tagliamo di qua."

"An-naaa, An-naaa" non si sente più. Il sole arriva a lance sottili, tra le foglie dei castagni. Peppe cammina veloce, Magrite con le sue scarpe da tennis fatica a stargli dietro, ma non vuole cedere.

"Mi sono sbagliato, siamo saliti troppo presto. Adesso andiamo avanti in orizzontale, sulla destra." Magrite esegue, chiedendosi cosa starà pensando Michelle di lui. Un vecchio segugio mezzo rincoglionito? No, forse avrà apprezzato la sua generosità, la sua disponibilità. Senza tanti morti, quanto la costruzione di un amore gli sarebbe riuscita più convincente, più calda e solida? Non è il momento di pensarci.

"Ecco, è lì," dice Peppe.

Passano a fatica in un varco mezzo ostruito dai cespugli.

"No," grida Peppe. Anna è stesa, scalza, sulla pietra scavata, come fosse un altare. Sembra che dorma, ma il sangue che arrossa la pietra e, più giù, le foglie, il sangue dice che è morta. Il sangue è uscito dai due polsi, tagliati con una lametta. C'è solo silenzio tra i due uomini, adesso. Il fiatone di Magrite e il verso delle cicale. Nessuna parola. Magrite nota una ferita sul piede sinistro di Anna, un morso. Una volpe, o un topo. Per loro una ragazzina morta non è una ragazzina morta, è solo un pezzo di carne a disposizione, un pezzo di carne abbandonato, dimenticato.

Una vena pulsa sulla tempia di Peppe.

"Dobbiamo avvertire gli altri," dice Magrite.

"Mo' chiamo." Peppe pare che parli con la voce di un altro. C'è un foglio di quaderno con un sasso sopra, per terra. Peppe s'inginocchia, solleva il sasso: *Mamma perdonami. Faccio una brutta cosa per non doverne fare altre. Tvtb. Anna.* Anche Magrite legge e non gli serve la traduzione. Peppe rimette il sasso sul foglio. E vede poco lontano altri fogli sotto un altro sasso. Lo alza e guarda. Barcolla e tace. Prende i fogli, li guarda.

"Non toccate niente, potreste cancellare un indizio."

"Qui non c'è niente da cancellare. Oppure tutto."

Gli passa i fogli. Sono gli ingrandimenti di tre foto a colori. Nella prima si vede Anna nuda, a gambe divaricate, gli occhi accesi da qualcosa di chimico, o dall'alcol. Non è in sé. Nella seconda si vede Anna di schiena, un ragazzo senza volto pronto a penetrarla. Nella terza un primo piano del viso di Anna, su cui due membri stanno eiaculando. Magrite chiude gli occhi, è invaso dalla nausea. Ci sono cose a cui non ci si abitua. Mai. Ripensa ai discorsi fatti con Michelle, sul suicidio. Cristo, neanche tredici anni e s'è ammazzata.

"Avete un accendino?" chiede Peppe. La voce è ritornata la sua.

"Cosa volete fare?" è la domanda idiota di Magrite. È chiaro cos'ha in mente di fare Peppe. E lui di accendini ne ha due, non gira mai con uno solo (si esaurisse, un guaio).

"Peppe, state commettendo un reato," riprende Magrite.

"Lo so e me ne fotto."

"Non potete fare una cosa del genere, manomettere la scena del delitto."

"Oh, sì che posso, commissario. Lo faccio per sua madre, di dolore ne ha già a sufficienza e se vede queste foto esce pazza. Commissa', datemi per favore l'accendino, altrimenti le distruggo lo stesso. Le faccio a pezzi e le seppellisco più lontano."

Magrite gli tende l'accendino. Lo vedessero quelli della sua squadra. Peppe ringrazia e controlla che funzioni. Funziona.

"Le brucio più giù, andando verso il sentiero. Voi rimanete qua a sorvegliare che non arrivino curiosi o animali." Poi s'attacca al cellulare, parlando in dialetto e dicendo che Anna è morta. Indica la strada per arrivare lì.

"Ci vorrà un quarto d'ora prima che arrivino. Io faccio quello che devo fare e poi li aspetto sul sentiero. Grazie di aver capito, commissario."

Magrite non ha capito proprio bene, se appena prova a ragionare conclude che Peppe ha commesso un reato. Però ha agito d'istinto, passandogli l'accendino. E adesso (ma non poteva farlo subito?) prova a capire perché. Perché per Anna non c'era più nulla da fare. Forse qualche dettaglio delle foto (l'arredamento della stanza, un piccolo tatuaggio sul braccio di uno dei ragazzi) avrebbe consentito l'identificazione degli assassini, sì, assassini, su questo Magrite non ha dubbi, mentre per il codice penale, se minorenni, se la sarebbero cavata con poco, pochissimo, quasi nulla. E allora, forse (mai avuti tanti dubbi) ha ragione Peppe: non è tanto protezione di chi è morto (a tredici anni, Cristo), ma di chi è vivo.

Magrite mette mano al pacchetto di Gauloises ma la ritrae subito. Non può fumare lì, nel recinto dell'isola del tesoro. Gli sembra un sacrilegio. Anna ha scelto di morire andando a ritroso, sacrificandosi dove fantasticava di balene, leoni, mondi lontani, sogni da realizzare, quadri da dipingere. Magrite guarda quel giovane corpo disteso, non è più una bambina e non è ancora una donna. Guarda le ginestre e le ortiche, il biglietto d'addio sotto il sasso. Poi sente voci farsi vicine.

Esce e si mette davanti alla porta vegetale dell'isola del tesoro, come fosse il portale di una cattedrale.

Dietro a Peppe sale una fila scomposta di persone. Camici bianchi, uniformi, uomini con la faccia cotta dal sole, donne, compagne di scuola – immagina Magrite – che corrono e piangono. Una processione – altra immagine religiosa, ma anche la luce sembra quella che filtra dalle vetrate della cattedrale di Rouen. Se questo fosse un film neorealista, pensa Magrite, il più vecchio degli uomini, quello che sembra un profeta e ha la barba bianca come Gerolamo, quello che sta zoppicando ma ostinatamente sale, ecco, lui e solo lui entrerebbe nel recinto e ne uscirebbe con la piccola Anna tra le braccia, mentre intorno il dolore e la rabbia si manifesterebbero in tanti modi. Il vecchio scenderebbe a piedi verso la casa di Anna e, vedendo il corteo, le amiche della madre di Anna – quelle che le hanno messo pezzuole imbevute d'acqua fredda sulla fronte, quelle che avevano cercato di calmarla con bugie pietose – tenterebbero di allontanarla dalla finestra. Non piangere, Assunti', a quell'età si fanno ragazzate (ma se non ne ha mai fatte). Non disperarti, Assu', vedrai che Anna ritorna prima che sia buio.

Ma non è un film neorealista. Nel film la madre (Anna Magnani?) non l'avrebbero staccata dalla finestra nemmeno tagliandole le braccia e le gambe, perché una madre, fosse pure una pecora, lo sente quando il suo cucciolo va a morire, e il dolore è senza consolazione, entri in una stanza chiusa e picchi la testa contro i muri, nessuno dal cielo spalma unguenti sulle tue ferite. No, non è un film, e quindi il vecchio che zoppica resta fuori dal recinto, come le ragazzine e gli altri che piangono e gridano. Nel recinto, intanto Magrite s'è spostato, entrano i camici e le divise.

Noi siamo i burocrati della morte, pensa Magrite. Arriviamo, fotografiamo, misuriamo, preleviamo, interroghiamo, verbalizziamo, e infine nascondiamo i morti.

Infatti su una barella, in una sacca incernierata, è caricato il corpo di Anna, mentre il coro greco s'accalca, si stringe, aumenta il volume dei lamenti, c'è pure qualche idiota che batte le mani.

La processione andrà più a valle, dove hanno dovuto fermare le auto e le ambulanze. E poi chi andrà all'obitorio, chi a consolare Assunta, chi a casa sua e forse guarderà i suoi figli con un occhio diverso, d'affetto aumentato, di paura cresciuta, di dubbi.

L'uomo in divisa parla con Peppe.

"Avete toccato nulla?"

"Nulla, capitano."

"Neanche il tuo amico?"

"Nulla neanche lui, giuro."

"Vi aspetto tra un paio d'ore in caserma, cercate di esserci. Adesso devo dare la notizia alla famiglia."

"Va bene, ci saremo."

Il bosco s'è svuotato, Magrite telefona a Michelle. Succinto. Trovata. Polsi tagliati. Ricatto a sfondo sessuale. La sente rattrappirsi, Michelle. Come donna. Come madre. Come giudice. Come essere umano. Come a Vannes.

"Ti conviene cenare, devo andare con Peppe a testimoniare. Non so a che ora torno, scusami."

"Non devi scusarti. Preparo qualcosa in casa."

Magrite si rende conto che non fuma da un paio d'ore. Aspetta di uscire dal bosco per accendersi una sigaretta. Vanno verso la jeep, in discesa ma con passo pesante. Peppe pare cupo, assorto.

"Qui lo dico e qui lo nego, ma forse avevate ragione voi, con le foto," dice Magrite.

"Grazie, commissario. Alla madre sarà risparmiata un'oscena violenza."

"Ma chi può essere stato così perfido?"

Altra domanda stupida, come quella dell'accendino. Un

commissario di polizia non può fare domande del genere. Sto rincoglionendo, pensa Magrite. Ma cosa deve fare? Indagare non può, è qui come semplice turista. Il coinvolgimento umano è stato forte, nell'episodio di Anna, però Magrite si sente più coinvolto dalla storia con Michelle. Dopo questi giorni meravigliosi e terribili sa che Michelle gli è entrata nel sangue e che non potrà fare a meno di lei. Dovranno parlare, prima della partenza da Ischia, prima di ritrovarsi una a Nantes e l'altro a Parigi. Guardarsi negli occhi, passarsi una sigaretta, cercarsi nel sonno, svegliarsi insieme, tutte queste cose non le puoi vivere, e tante altre ancora.

"La gente è cattiva, commissario. Ci sono stati altri casi del genere sull'isola. Non tanti, per fortuna. Sono stati messi a tacere, tranne una volta. Lei era alle medie, il suo innamorato – così lei pensava – al liceo. I ragazzi sono più precoci, oggi. Molte bambine che ancora non vanno alle elementari hanno le unghie pittate, pure quelle dei piedi. Vogliono piacere. Ma dentro restano bambine. Crescono e sono lusingate dal corteggiamento di un ragazzo più grande. Che chiede la prova d'amore. Il guaio, commissario, è il cellulare. Prima, quando certi aggeggi non esistevano, se una ci stava o non ci stava e tu andavi a dirlo in giro era la tua parola contro la sua, c'era il beneficio del dubbio. Adesso no, adesso esibisci la fotografia, o la registrazione della telefonata intima, e la ragazza è rovinata. Perché è sempre l'uomo a ricattare, diciamocelo."

"Com'era finita, quella storia non messa a tacere?"

"A botte tra i genitori. Brutta scena, i genitori di lei a gridare bastardo e quelli di lui a gridare zoccola. Lei figlia di un imbianchino, lui di un notaio. Un giorno che i suoi erano a Napoli l'ha invitata in casa, l'ha fatta bere e ne ha approfittato. E poi l'ha ricattata: o ci stai anche con gli altri miei amici o faccio circolare le foto. È finita che per il bene della ragazzina la famiglia s'è trasferita a Torino."

Una volta, pensa Magrite, si raccomandava ai bambini di

non accettare caramelle dagli sconosciuti. Ma quasi sempre sono i conosciuti che fanno più male. I parenti. Gli amici.

"Commissario, voi penserete che sono pazzo, ma io credo che il progresso abbia reso più facile il male, più a portata di mano. I pedofili si sono moltiplicati, voi non avete idea di quanti siti di porcherie esistano."

Oh, sì che Magrite un'idea ce l'ha, il mestiere non gli ha risparmiato nulla, e l'innocenza rubata lo manda in furia.

"La facilità di comunicazione," prosegue Peppe, "può servire a salvare vite, ma anche a distruggerle. Ora io non dico che tutti i pazzi e le teste di cazzo, i maniaci sessuali e i neonazisti siano collegati col web, ma molti sì. Ci si nutre di parole sbagliate, di idee deliranti ma condivise, e si fa come quel pazzo in Norvegia."

Si sono fermati a bere una birra gelata. Magrite guarda l'orologio e pensa a Michelle.

"Ora andiamo in caserma, commissa'. Vi aspettavate una vacanza diversa, vero?"

"Sì, ma non è colpa vostra né di nessuno. Le cose succedono, tutto qui."

"Il capitano Russo, quello che era su nel bosco, è una persona a posto," dice Peppe prima di entrare nell'ufficio. A Magrite viene da sorridere: un ex carcerato che rassicura un poliziotto sull'onestà di un altro poliziotto. Ma che vuol dire? Le cose succedono, così va.

Arriva il suo turno.

"Peppe, come si chiama il tuo amico?"

"È il commissario Magrite."

"Come no, e io sono la regina Elisabetta."

"È vero," dice Magrite mostrando il tesserino.

Il capitano scatta in piedi e stende la mano.

"Un piacere per me, commissario. Vi risparmio le domande, non è il caso. Che idea vi siete fatto?"

"Ricatto a sfondo sessuale. Almeno questo fa pensare il

biglietto lasciato da Anna. Non c'è bisogno di insegnarvi il mestiere, immagino che abbiate già prelevato il cellulare per analizzare tutti i messaggi."

"Esatto."

"E che da domattina alcune agenti, perché se sono donne è meglio, interrogheranno le amiche di Anna."

"Già stabilito."

"Allora non mi resta che augurarvi buona fortuna."

"E a voi buona vacanza, commissario."

Tu parles, Charles. In meno di due settimane: lo scippo a Michelle, la morte di Ovidiu, la frana, le frustate a Barbara, il suicidio di Anna, e che altro ancora? In meno di due settimane, però, è cambiato – almeno, Magrite lo spera – il rapporto con Michelle. E di questo dev'essere grato a Ischia, forse in Irlanda o in Turchia sarebbe andata diversamente. Sulla jeep, mentre Peppe lo riporta in albergo, Magrite pensa al progresso. Molte inchieste vanno avanti grazie all'ascolto dei telefoni, cellulari e no. Anche quella al Tour, per esempio. Ma un conto sono le intercettazioni autorizzate da un giudice, un conto quelle che può fare chiunque con un minimo di pratica, e di quattrini. Gli appositi kit sono venduti nei negozi. Puoi intercettare un rivale in commercio, in amore, in politica. Puoi spiarlo e raccogliere ogni respiro. Puoi sapere se ha un'amante, un cancro o un conto alle Cayman. Puoi distruggerlo.

Distrutto, si sente Magrite. Stanco, la bocca amara e la testa pesante. Peppe parla, e lui si riscuote.

"Domani recuperate, fate il turista, io andrò a pesca e non vi disturberò. Ecco, state attento a questo punto: qui c'è la fermata del 5. Più avanti un centinaio di metri c'è qualche gradino sgarrupato e poi un sentiero. Arrivate a un grande albero di fico, sotto c'è una panchina e un bel panorama sui Maronti. Può darsi che il prossimo appuntamento sia lì."

"Va bene, sembra una caccia al tesoro."

"Sembra, ma io vado a pesca. Buonanotte, commissario."

La luce nell'appartamento è ancora accesa, Michelle sta leggendo. Sul tavolo ci sono uova sode, formaggio, un salame piccante, al peperoncino, e una coppa di fragole. Una bottiglia di vino rosso, fresco. Magrite racconta tutto a Michelle, ma proprio tutto: il bosco, l'isola, il biglietto d'addio, le foto che poi erano fotocopie. Adesso gli viene in mente il discorso sulla tecnologia che rovina, il discorso di Peppe. I suoi persecutori non hanno inviato le foto ad Anna via cellulare, né per e-mail. Sarebbero stati rintracciabili. Questo significa che sono state stampate da un fotografo, questo lascia pensare che ci sia davvero un'organizzazione dietro al ricatto.

Magrite mangia solo un panino col salame e le fragole, beve solo un bicchiere di vino. Michelle lo trova invecchiato rispetto a quando, nel pomeriggio, s'è alzato dicendo "vengo anch'io". Non lo dice, però. Magrite fa una rapida doccia, fuma l'ultima sigaretta sul terrazzo insieme a lei e le dice: "Domani è una giornata tutta nostra".

Michelle sorride. Magrite s'avvicina al letto come una balena fiocinata e si lascia andare a un sonno senza sogni.

17.

Magrite ha elaborato un piano? Non esattamente. Ha pensato, sotto la doccia, prima di andare a letto, che gli restavano due indirizzi scritti dal giornalista di Milano e tanto valeva provarli. Quanti anni erano che il giornalista faceva le vacanze a Ischia? Venti o ventuno, Magrite non ricorda. Però si fida. Ma, più d'ogni cosa, ha bisogno di recuperare il tempo con Michelle. In italiano lo pensa, tempo e non temps, perché c'è qualcosa di ritmico, di musicale, di scandito, quasi preordinato eppure spontaneo, nella vita di coppia, nell'amore che va in profondità.

Magrite non ha dimenticato l'orrore del giorno prima, le foto bruciate, la ragazzina morta. E sa che non riuscirà a dimenticare. Rimuove. Sa che ne riparlerà con Peppe, prima di partire. Ma adesso ci sono solo lui, Michelle e altri angoli dell'isola da scoprire.

"Sempre taxi, perché, ripeto, siamo ricchi," annuncia a Michelle.

"Ricchi d'amore, giusto?"

"Proprio così. Da Saturnino a Forio," dice al tassista.

"Ciro è bravo, vi troverete bene."

Scendono sulla marina. Il posto è piccolo ma molto grazioso. E Ciro è bravo davvero, geniale nella sua semplicità. È Stefania, sua moglie, che si occupa di sala e cantina, a consigliare due vini campani che Magrite non conosceva e gli sembrano strepitosi. Lui e Michelle parlano, parlano. Di colleghi di lavoro, di politica, di vecchi film, di canzoni, di tutto e di niente. Parlano come se stessero facendo l'amore, si sorprende Magrite. E fino a oggi hanno fatto l'amore come se parlassero. Liberamente, naturalmente, meravigliosamente. Per comunicarsi qualcosa in più della vicinanza dei corpi, del piacere, della spossatezza.

Alla fine, Magrite alza il bicchiere di vino rosso.

"Non è un brindisi ma una dichiarazione: credo che non riuscirò più a stare lontano da te. E tu?"

Lei ha gli occhiali da sole. "Intendo avvalermi della facoltà di non rispondere. Per ora."

Lo dice sorridendo, quindi Magrite non si deprime. Paga, si complimenta, poi vanno un po' a spasso nelle stradine in ombra, Michelle compra un cappello di paglia, poi si siedono a consumare una granita al limone (una passione di Magrite, con quella al tamarindo). Guardano la gente che passa, fanno commenti. Finché Magrite dà un'occhiata all'orologio e decide che ci si può alzare.

"Cosa prevede il programma del gentile organizzatore? Oggi, Jules, ti comporti come Bakunin. Dove si va?"

"Escursione turistico-vegetal-culturale alla Mortella. È un posto molto visitato, lo chiamano anche museo-giardino Walton."

Prende in mano un dépliant e recita compunto: "Lo realizzò nel 1949 un musicista inglese, William Walton, che aveva deciso di stabilirsi a Ischia con la moglie argentina, Susana. Ai piedi del Monte Zaro fu costruita la villa con intorno un vastissimo giardino botanico, realizzato dal paesaggista Russell Page. È aperto al pubblico dal 1990 e si divide in due parti. La Valle, disegnata da Page tra le rocce esistenti, è umida e protetta, con un clima subtropicale. La Collina, realizzata da lady Walton, è più assolata e ventosa e ospita vegetazione dell'area mediterranea".

Magrite e Michelle sono due fra i tanti visitatori, molti dei quali scattano fotografie e sono accompagnati da bambini che preferirebbero essere altrove, forse in un giardino zoologico sarebbero più interessati. Difficile che colgano il fascino del fior di loto o della yucca. Magrite, invece, che aveva un padre erborista, è molto interessato e si ferma a leggere i cartigli esplicativi. Si sente giovane e felice, Magrite. E scherza, passa dal tu al voi, è un nuovo gioco.

"Comunico, giudice, che presto vi bacerò davanti a una Puya berteroniana."

"Cos'è?"

"Una bromeliacea originaria del Cile, lì a destra, quella che sembra un istrice. Avete localizzato?"

"Baciami, stupido," dice lei.

Magrite esegue di buon grado e si ripeterà nella serra. Ma senza soffermarsi sulla Strongylondon macrobotys, rarissima, originaria delle Filippine, dai fiori verdi. Legge tutte le indicazioni, ma intanto con la coda dell'occhio si guarda intorno. Nessuno, neanche bambini. Il bacio è più lungo.

"E per quella mia domanda, signor giudice?"

"La corte è ancora riunita. Il caso è spinoso come una Puya berteroniana."

"Capisco."

Per cena, il Melograno. Il giornalista gliene ha parlato bene. Lei, Libera, in cucina, lui, Giovanni, cantina e sala. Li conosce da quand'erano a Procida, a Ischia hanno fatto un gran salto di qualità. Magrite se ne innamora prima ancora di sedersi a tavola. Un recinto, un clos direbbe lui, con ulivi e melograni in fiore. Si può mangiare fuori. Meglio, così si fuma. Giovanni propone uno spumante campano realizzato con la consulenza di Jacques Selosse, uno degli champagnisti più puri e duri, e anche più noti. Magrite lo apprezza molto, nel calice, come apprezza questi scambi tra culture che possono sembrare lontane, ma non lo sono.

Magrite è un convinto rossista, ma si rende conto che non può viaggiare a vino rosso. È vero che ci sono anche piatti di carne, in lista, ma da quando sono a Ischia l'unica carne che hanno mangiato l'ha fornita Peppe. Meglio il pesce, quando si sa che è fresco. E poi a Michelle le bollicine piacciono, quindi il rosso può aspettare. Mentre i grilli danno il cambio alle cicale e nel cielo che si fa scuro appare una falce di luna, Magrite prende una mano di Michelle e gliela stringe. Lei capisce il messaggio.

"La corte ritiene pertinente la domanda, ma altresì ritiene che le conclusioni non vadano esposte in luogo pubblico."

"Mi rimetto alle decisioni della corte," dice seriosamente Magrite. "Ma poi, principessa, coccoliamoci un pochino."

"In questo luogo pubblico, sarà fatto."

Lei va sul crudo e poi su una frittura senza spine, lui su una zuppetta di crostacei e poi sul calamaro di nonna Vincenza, ripieno di uova, formaggio e verdure. Buonissimo, anche se Magrite si riconosce una grande simpatia per le parole "nonna, mamma, zia", anche al maschile, quando le legge in un ristorante, in Francia e altrove. Gli sembra di assaggiare anche un pezzo di storia, di vita di famiglia, di passato che non passa, di tradizione. Non ama il crudo di mare e le ostriche, addirittura, gli fanno ribrezzo. L'idea di ingoiare una cosa viva gli fa ribrezzo, non solo il gusto che tutti si sdilinquiscono a definire di mare e a lui, l'unica volta che ha ingoiato un'ostrica, sembrava di mare sporco. Certo non può dirlo a Michelle, perché è bretone e perché sul crudo si fionda. D'altra parte, pensa Magrite, le ha visto mangiare anche filetti al sangue e animelle alquanto crude, tutte cose che non fanno parte dei suoi gusti.

Come sarà, la cucina, se decidono di vivere insieme? Piantala di pensarci, coglionazzo. È ancora presto. Non è tardi, forse. Certamente è ancora presto. Non puoi forzare la mano. Baciarla sì, Michelle.

Altro taxi. "Siamo ricchissimi" stavolta lo dicono insieme. E una volta a casa si amano come se fosse la prima volta, si dicono tante cose senza parlare.

18.

Magrite è elettrizzato. Un giorno intero dedicato a loro due gli ha dato carica, certezze e anche speranze. Fa il pieno di caffè. Prima quello che prepara Michelle, ed è un bel momento perché sembra di essere a casa, non nella dépendance di un albergo, e i piccoli gesti quotidiani acquistano un'altra luce e un altro spessore. Escono insieme, prima sosta da Ernesto, altro caffè.

"Visto che sole? E durerà ancora una settimana, almeno." Magrite annuisce. Partono domani, ma, visti i pericoli che può portare la pioggia, va bene che ci sia sole. Magari a Parigi piove. E a Nantes? E dove vorrebbe essere lui con lei, a Parigi o a Nantes? Sarà presto per dire certe cose, ma non può impedirsi di pensarle. E di rispondersi. In qualunque posto del mondo, con Michelle, nell'ultimo borgo delle Cévennes o del Gers, in Provenza o in Bretagna. Anche sull'isola di Ouessant, se lei ci tiene. Ma sarebbe una gran rottura di coglioni, o no? Forse. Che ne sa lui che non c'è mai stato? Forse è un microcosmo felice. O anche a Ischia, perché no? Con tutto quello che è capitato di negativo, si ricorderà comunque con piacere di questa vacanza. I paesaggi non sono responsabili delle azioni degli uomini. Non dovrebbe costare molto affittare una casetta sull'isola, magari solo per sei mesi all'anno, i primi sei. Passare l'inverno al caldo, vedere la primavera e godersi un po' d'estate prima che arrivino battaglioni di turisti. Non è un'idea da scartare. Però è presto per tirarla fuori.

Altro caffè da Giovanni.

"Il binocolo ve lo rendo stasera, posso?"

"Come no, ma che ci fate?"

"Turismo classico."

Michelle scende alle terme per le sue cure. Magrite si siede vicino alla vasca delle tartarughe, ormai è il suo posto preferito. Chiama il cellulare di Peppe. Non risponde. Michelle risale, mangiano solo una macedonia di frutta lei, una fetta di pastiera lui.

"Non voglio tornare al lavoro ingrassata," dice lei.

"Ma se stai divinamente," dice lui.

"Mi dai una sigaretta, grazie." Lui l'accende e gliela passa come se fosse un fiore. È il momento.

"Jules, io sono stata sposata. Con uno stronzo, sì, ma sposata. Tu mai, a differenza del tuo anagramma."

"Non credo si divertissero molto, lui e Louise. Una coppia basata sul rispetto e sulla pazienza. Non scopavano mai, o almeno Simenon sorvola, lui che era uno scopatore sistematico e un po' ossessionato dal collezionismo."

"D'accordo, ma stiamo parlando di noi, non di loro. Non siamo più due ragazzini, anche se ci difendiamo bene. Soprattutto, abbiamo tutt'e due un lavoro che ci piace, lo dico anche per te."

"È vero. In questi giorni sono stato male, perché non avevo nessuna veste per indagare. Il mio lavoro mi piace, ma sono anche vicino alla pensione e se voglio posso accelerare i tempi. Sono un po' stanco di vivere in mezzo ai delitti, ai ricatti, alle miserie umane. Sul lavoro e anche in vacanza. Quello che mi resta da vivere vorrei viverlo con una persona bella e vera, che credo di aver identificato. Anche sposandola, se la cosa la rassicura. Non credo di poter stare lontano da lei. Vuoi che canti *Ne me quitte pas*? '*Laisse-moi devenir l'ombre de ton ombre, l'ombre de ta main, l'ombre de ton chien*'."

"Bene, Jules, la tua è più una non-demande en mariage, per dirla con Brassens. E quindi l'accetto. E, tra parentesi, non ho cani."

Lui si alza per abbracciarla.

"Non cercare di approfittarne subito, maiale."

"Carpe diem. Sono felice."

"Aspetta a dirlo. Non sei molto bravo nel canto. Fischietta qualcos'altro di Brel, che non sia *Litanies pour un retour*, che ti è servito a Vannes."

"Ma tu a Vannes, la mattina dopo, pensavi che sarebbe andata a finire così?"

"Finire? Se abbiamo appena cominciato. No, seriamente non lo pensavo. Eravamo sempre di corsa, io e te. Tante famiglie di giudici e di poliziotti sono andate in malora. Niente orari, niente tranquillità, troppe rogne."

"Va bene così. Ora il suo jukebox personale intonerà, come da richiesta, qualcos'altro di Brel." E prende a fischiettare una delle più note, *La chanson des vieux amants*.

"Cambiala, stupido. Noi non siamo vecchi amanti, siamo giovani."

"E allora devo rifugiarmi nei classici." Fischietta *La vie en rose* e Michelle batte le mani. Ed è in quel momento che squilla il cellulare di Magrite. Peppe.

Nel momento peggiore.

"Buongiorno, commissa'. Disturbo?"

Molto, vorrebbe dire Magrite. "No," dice invece.

"Solo questo volevo dirvi: appuntamento alle cinque, al posto che sapete."

"Va bene, ci sarò."

"Ci vai da solo?" chiede Michelle.

"Sì, Peppe non ha parlato di te. E comunque puoi fare gli

ultimi massaggi prima di partire, e poi, se hai tempo, portarti avanti con i bagagli."

"Mi sembra una buona idea. Prima porto avanti la mia schiena per l'inverno, poi i bagagli per la Francia. Sospetti che Peppe abbia in mente qualcosa?"

"Ne sono sicuro. Resta da capire cosa. Mi ha fissato una specie d'appuntamento, ma l'istinto e il binocolo mi dicono che non si presenterà."

Prima di salire sul 5 Magrite compra al bar due bottiglie d'acqua minerale. Scende al punto prefissato, s'incammina per il viottolo, arriva al grande fico e alla panchina. Si siede, asciuga il sudore con un fazzoletto, beve una lunga sorsata, accende una sigaretta e guarda giù. La vista sulla spiaggia e sul mare dei Maronti è ottima. Col binocolo mette a fuoco le persone, si concentra sullo yacht di Rocco 'o Purp. Un tipo abbastanza distinto, capelli ricci, alto, abbronzato, sempre che sia lui. Rambo e Virgola li riconosce subito, di vedetta a prua. Ci sono molte barche nella baia, l'*Octopus* – lo yacht di Rocco 'o Purp – è più isolato. Una forma di rispetto, immagina Magrite. Il maggiore Marino è intento a fasi massaggiare fino all'orlo del costume, e anche un po' più giù, sembra a Magrite, da una giovane donna in topless. La spiaggia è piena di gente. Magrite beve molta acqua, già una bottiglia è andata e in quella, dove ha lasciato un fondo di liquido, spegne le cicche. Dove c'è un arbusto, un albero, una macchia, può esserci un incendio, così gli aveva detto suo padre quand'era ancora un bambino, portandolo sul Mont Ventoux, e Magrite non lo aveva dimenticato. Prudenza.

Le cinque e mezzo. Ormai Magrite ha la certezza che Peppe non arriverà sotto il grande fico. Peppe gli ha affidato un ruolo da testimone oculare e non s'è mai sognato di andare a pesca. Se non in senso metaforico. Deve scattare un aggancio tra Peppe e Rocco. Ecco, adesso vede Peppe. È sulla riva e sta gesticolando. Dallo yacht si stacca un canotto con sopra Rambo e Virgola. Peppe è scalzo. Ha in mano una grossa busta e una grossa borsa, di quelle con le fibbie. Si staccano da riva e Virgola, senza dare nell'occhio, lo perquisisce rapidamente. Salgono a bordo. Rocco fa un gesto, indicando il pozzetto. Dietro a lui, con grandi occhiali da sole, c'è il maggiore Marino. Rambo e Virgola si piazzano uno da un lato, uno dall'altro.

Poi succede tutto molto in fretta. Peppe depone la borsa sul tavolo. Prende la busta e la apre. Il finimondo. Due esplosioni che quasi sembrano una ma all'orecchio di Magrite sono due, la busta più la borsa. Dallo yacht ragazze e marinai si buttano in mare urlando. Intorno al pozzetto c'è molto sangue. Peppe a brandelli, Rocco e il maggiore decapitati, Rambo e Virgola sventrati. Suona forte la sirena di una vedetta della Capitaneria di porto, che si fa largo tra i natanti su cui molti fotografano l'*Octopus*, ma da lontano. Magrite si alza lentamente e s'avvia. Non c'è più niente da vedere.

Decide di tornare in albergo a piedi. Tanto, è tutta discesa. Tanto, è tutto finito. Deposita le due bottiglie vuote nel primo cestino dei rifiuti che incontra e ricostruisce a modo suo la vicenda.

Primo: Peppe aveva sottomano dell'esplosivo, tritolo con tutta probabilità. Non poteva procurarsene in una sola giornata in misura sufficiente a fare una strage. Peppe è andato sì a pesca, ma senza canna. Ha messo solo l'esca, abbastanza buona da ingolosire 'o Purp.

Stabilito il contatto, Peppe ha raccontato una clamorosa bugia a Rocco, ma con particolari che la rendessero credibile. Ad esempio, può avergli detto di aver depositato presso persone fidate (ce ne saranno pure) copie dei documenti compromettenti (per Rocco) di cui era in possesso. Fotografie, registrazioni, indizi su delitti precedenti che avrebbero messo nei guai il boss se fossero finiti nelle mani sbagliate (o giuste, si corregge mentalmente Magrite: dipende dai punti di vista).

Ma sì, era andata più o meno così ed era un piano ingenuo, forse Peppe non aveva altre vie. Un ricatto a un boss della camorra, e quello ci casca. Neanche al cinema. Poteva ordinare ai due scagnozzi di farlo fuori, o di torturarlo per benino fino a che non avesse detto dove aveva depositato i documenti.

Poteva anche ignorare tutto quanto. Ma nell'ingenuità del piano di Peppe stava anche la sua forza. Un vero boss non lascia nulla al caso, deve rendersi conto di che carte ha l'avversario, ammesso che Peppe si potesse definire un avversario, avversario un cazzo, uno che puoi schiacciare quando vuoi, come una formica. Ma Rocco voleva leggergli negli occhi a che gioco giocava. E per questo è morto.

Magrite è a metà discesa, si siede su un muretto all'ombra. E improvvisamente si ricorda di Michelle. Se non ha visto tutto, le orecchie per ascoltare le ha. E sarà in pena. Le telefona.

"Tutto bene, piccolina."

"Da quando mi chiami piccolina?"

"Da adesso."

"C'entra Peppe con tutto 'sto casino?"

"È stato come il finale di *Pierrot le fou*, ma non era da solo. Sto scendendo a piedi, tra mezz'ora sono a casa."

"Ti preparerò una granita di limone, orso."

Ecco, si dice Magrite, cosa intendo per casa. E torna a Peppe. Che cosa può aver pensato prima di salire in barca? Sa che non ne uscirà vivo. Se scoprono l'esplosivo lo fanno a pezzi. Se non lo scoprono è perché non hanno pensato che qualcuno potesse rimetterci volontariamente la pelle pur di avere la loro. Che qualcuno osasse solo pensare di attaccarli in casa loro. Che qualcuno, da solo, li sfidasse. Questo è stato il capolavoro psicologico di Peppe. Non dovrà baciare Fanny, quattro punti li ha marcati.

Il mare e la spiaggia sembrano un alveare. Magrite scende per la scala indicata da Peppe, quella che porta direttamente alla dépendance. Michelle è affacciata al balcone e agita la mano. Ecco, pensa ancora Magrite, cosa intendo per casa. La bacia, si siede al fresco, mangia la granita e intanto le racconta tutto quello che ha visto e tutto quello che ha ricostruito.

"Forse lì dentro trovi una conferma," dice Michelle indicando un sacco di plastica, di quelli dei supermercati. "L'hanno portato poco fa dalla reception dicendo che era passato a consegnarlo un frate nero. C'è una lettera indirizzata a te, non l'ho aperta."

Un frate nero? Magrite aggrotta le sopracciglia. Ne conosce solo uno, padre Joseph. Prende in mano la lettera e guarda cos'altro contiene il sacco. Incisioni di Fréhel. Allora capisce chi l'ha mandato. Apre la busta. La lettera è scritta in stampatello.

CARO COMMISSARIO, A QUESTO PUNTO È TUTTO FINITO. VOLEVO DIRVI CHE STANOTTE DENISE MI HA SORRISO E CHE MI SONO CONVINTO DI FARE LA COSA GIUSTA. SPERO MI CAPIRETE. NON È IL BENE CHE SCACCIA IL MALE, ANZI SPESSO LO ATTRAE. È IL MALE CHE SCACCIA IL MALE. SCUSATE SE VI HO DISTURBATO LE VACANZE. OMAGGI A MADAME E GRAZIE DI TUTTO.
Vostro GIUSEPPE IOVINE (Peppe Couteau).

19.

Magrite e Michelle hanno deciso di lasciare Ischia col traghetto. L'aliscafo è più veloce, ma non si può stare seduti fuori a prendere il sole, a guardare il paesaggio e gli eventuali delfini che scortano la nave. Hanno visto il Tg1, la sera prima in albergo. Una delle prime notizie. "Gravissimo attentato terroristico ieri pomeriggio nella baia di Sant'Angelo, a Ischia. L'attentatore, che si presume vicino a gruppi di anarchici insurrezionalisti, si è fatto saltare sullo yacht di un imprenditore di Napoli, causandone la morte. Sono rimasti uccisi nell'esplosione due membri dell'equipaggio. Perito anche un alto graduato che si trovava casualmente sul natante. Si ignora il movente del folle gesto." A seguire, le solite interviste ai testimoni, una foto di Peppe molto più giovane, un vicino di casa che lo definiva "una persona dai modi asciutti ma cortese".

Ischia comincia per *i* come Italia, e come Italia finisce con "-ia", questo ronza in testa a Magrite. L'aveva detto Peppe? Non ha importanza, ormai. Un'isola di quarantasei chilometri quadrati, a quindici miglia da Napoli. Un riassunto splendido e crudele. Magrite e Michelle la vedono allontanarsi, brillare, scomparire in una foschia luminosa. Aspra e dolce. Bella e misteriosa. Magrite inanella aggettivi. Poi pesca dalla tasca la lettera di Peppe e la brucia, come aveva fatto Peppe con le foto di Anna. E si ricorda di quel ciclista spagnolo, Luis Ocaña, che il padre antifranchista aveva portato con sé a Mont de Marsan. Grande e sfortunato, tenace rivale di Merckx. Per gli spagnoli era un francese, per i francesi uno spagnolo. Un giorno si uccise con una fucilata in testa, nella sua vigna, e pare che le sue ceneri fossero state sparse da un aereo lungo la linea di confine, si cercassero loro la terra che volevano. In un primo tempo Magrite aveva pensato di bruciare la lettera sulla Senna, in ricordo di Peppe 'o Francese, ma poi aveva vinto la logica di lasciarlo dov'era nato e dov'era morto.

Magrite preferirebbe non sembrare commosso, ma non ci riesce.

"Mon vieux, sei diventato troppo sensibile per il tuo mestiere," dice Michelle.

"Per questo voglio smettere, per inadeguatezza. Che poi ti ami è solo un pretesto."

"Sei proprio inadeguato, povera me che m'innamoro degli uomini sbagliati."

"Quando ci rivediamo, principessa?"

"Inadeguato e villano. Potevi offrirmi asilo a casa tua a Parigi, prendermi un mazzo di fiori in rue de Buci, invitarmi a cena alla Méditerranée."

"Sarà fatto tutto. Credevo ripartissi per Nantes."

"Domattina. Quanto al rivedersi, senza escludere niente prima, penso che Didier verrà a passare Natale con sua madre, che sono io. E poi se ne andrà. Quindi sono libera di farti una sorpresa. A Plurien c'è la casa dei miei, vecchiotta ma ancora solida. Ci possiamo stare da Capodanno all'Epifania, più o meno. T'avverto che ci sarà la neve e che il paese non ha grandi attrattive."

"Qui ti sbagli. Ne ha una immensa."

"T'avverto che cucinerò io."

"Correrò il rischio, principessa."

"T'avverto che dovrai spaccare molta legna, per il camino."

"Sono lo spaccalegna più abile del Vaucluse."

"T'avverto, infine, che mi sono veramente innamorata di te."

Magrite allarga le braccia per accoglierla. Il futuro è abitabile.

Ringraziamenti

Grazie agli ischitani, tanti, che mi hanno fatto scoprire, negli ultimi vent'anni, la bellezza della loro isola.

E grazie a Giovanna Salvia, che ha seguito con puntiglio, gusto e pazienza la stesura e ogni nodo della tessitura narrativa e linguistica dei miei due Magrite.